AF287257

Francesca Mantovani / Éditions Gallimard

ÉTIENNE KERN, geboren 1983 im Elsass, ist ein französischer Essayist und Schriftsteller und unterrichtet in Lyon Literatur. Für seinen Debütroman *Die Entflogenen* erhielt er u. a. den Prix Goncourt du premier roman 2022.

ELMAR TANNERT, geboren 1964 in München, lebt als Schriftsteller und Übersetzer aus dem Französischen und Tschechischen in Nürnberg.

ÉTIENNE KERN

DIE ENTFLOGENEN

ROMAN

Aus dem Französischen von Elmar Tannert

ars vivendi

Deutsche Originalausgabe
© 2023 by ars vivendi verlag
GmbH & Co. KG, Bauhof 1,
90556 Cadolzburg
Alle Rechte vorbehalten
www.arsvivendi.com

Satz: ars vivendi
Umschlaggestaltung: ars vivendi
Einbandfoto: © Leemage/Corbis via Getty Images;
Robert Delaunay (1885-1941), *Hommage à Blériot* (1914)
Druck: Pustet, Regensburg
Gedruckt auf holzfreiem Werkdruckpapier

Printed in Germany
ISBN 978-3-7472-0516-7

DIE ENTFLOGENEN

Für Anne.

Zum Gedenken an Muriel Bassou.

Das letzte Wort behält der Himmel, wie es scheint.
Doch spricht er es so leise, dass niemand es je vernimmt.

RENÉ CHAR, *La Parole en archipel*

Deine Augen sind geschlossen, deine Arme hängen herab, du hältst den Kopf ein wenig gesenkt. Du trägst eine große Schirmmütze, Handschuhe, Lackschuhe und eine dunkelfarbige Montur, die sich unterhalb der Schultern wie ein Rettungsring aufbläht. Du bist ein Abbild der Sanftmut. Ein Artist vielleicht, der im Augenblick, da er vor sein Publikum tritt, unter der Last einer überbordenden Liebe zu kentern droht.

Im rechten oberen Eck formen einige Diagonalen etwas, das Gesichtern ähnelt. Es handelt sich um einen Pfeiler des Eiffelturms. Gleich darunter, als schwarze Glut, ein Baum.

Alles andere ist von fahlem Grau, fast weiß – weiß der Himmel, weiß der Erdboden, von Sand bedeckt. In diesem Weiß ein weiterer schwarzer Fleck, fast in der Mitte der Fotografie, ein Stück rechts von dir: die Silhouette eines gehenden Mannes.

Auch du wirst dich noch in Bewegung setzen.

Du wirst die Augen wieder öffnen und deinen Blick zum Himmel wenden, wirst dich dem Pfeiler nähern und dich auf die Treppe begeben.

4. Februar 1912, früher Morgen. Um die dreißig Menschen hatten sich vor dem Eiffelturm versammelt. Polizisten, Journalisten, Neugierige. Alle blickten empor zur Plattform der ersten Etage. Von dort oben betrachtete sie ein Mann, der einen Fuß auf das Geländer gesetzt hatte. Ein Erfinder.

Er war zweiunddreißig Jahre alt. Er war weder Ingenieur noch Wissenschaftler. Er hatte keinerlei wissenschaftliche Kenntnisse, was ihn wenig kümmerte.

Er war Damenschneider.

Sein Name war Franz Reichelt.

*

Er kam aus Böhmen, einem alten Königreich, das am Rand eines alten Kaiserreichs allmählich dahinstarb.

Dort gab es ein Dorf namens Wegstädtl, nicht weit von Prag, wo er in einem kleinen grauen Haus, an dem der Fluss entlanglief, geboren worden war. Ringsherum Hopfenfelder und, weiter entfernt, lange Wege in alle Richtungen, die sich unter den Bäumen verloren.

Er hatte kein Schuster werden wollen wie sein Vater; der Weber aus der benachbarten Stadt hatte ihn als Lehrling genommen. In dem Alter, in dem man sich für einen Lebensweg entscheidet, war er nach Wien gegangen, um dort bei einem Schneider anzufangen. Er war gewissenhaft und hatte geschickte Hände. Nach einigen Jahren ging er 1900 nach Paris, der Hauptstadt der Mode, um dort sein Glück zu versuchen.

Der Anfang war schwer. Er konnte kein Wort Französisch. Er war ein Fremder, schlimmer noch: fast ein Deutscher. Man begegnete den Siegern von 1870/71 noch immer mit Misstrauen. Doch schließlich fand er einen Dienstherrn, dann noch einen anderen, bis er endlich sein eigenes Geschäft eröffnete, ganz nah an der Oper, in der Rue Gaillon 8. Eine Kammer, ein kleiner Salon, in dem er seine Kundschaft empfangen konnte, ein etwas größerer Raum, der ihm als Atelier diente: Dies war sein ganz eigenes Königreich, in dem er sich wohlfühlte.

Er lebte allein.

*

Er hatte helle, fast graue Augen, die Augen eines Träumers. Seine langen Schnurrbartspitzen gingen eigenartig nach oben, wenn er lächelte. Die tiefe, manchmal raue Stimme konnte überaus zärtlich klingen.

Von seinen ersten Jahren in Frankreich hatte er eine

langsame Sprechweise beibehalten. Wenn er über ein Wort stolperte, verbarg er seine Verlegenheit hinter einem zaghaften Lächeln, geplagt von der Angst, verurteilt und verachtet zu werden. Er sprach stets mit leiser Stimme.

Er las wenig. Abends, nachdem sie sich viele Stunden lang auf Nadel und Faden fixiert hatten, waren seine Augen müde. Manchmal jedoch schlug er mit einer Ergriffenheit, die ihn selbst erstaunte, ein Buch auf, das eine Kundin eines Tages bei ihm liegen gelassen hatte. Sie war nie zurückgekommen, um ihren bestellten Mantel abzuholen. Er hatte sich bei den Nachbarn und Ladeninhabern im Viertel erkundigt, doch niemand hatte sie mehr gesehen. Sehr wahrscheinlich war sie verstorben. Das Buch war geblieben. Es handelte sich um eine Sammlung von Gedichten, Klassikern, wie man sie in der Schule lernte. Franz verstand sie nicht alle, was ihren Zauber nur umso größer machte. Sie durchdrangen ihn, ohne dass er sich dessen bewusst war, und verzierten seine Sprache mit altmodischen Wendungen und irritierenden Bildern.

Man konnte ihn von Wolken und Tränen sprechen hören, von entlegenen Welten, von all den Dingen der Erde und des Himmels, von denen nur Kinder und Narren wissen.

Doch die meiste Zeit schwieg er.

*

Jeden Morgen gegen sieben Uhr öffnete er Louise die Tür und empfing sie mit einem Lächeln. Sie grüßte ihn mit einem Nicken, ging ins Atelier und setzte sich an ihren Nähtisch. Sie war eine schmale Frau mit präzisen Bewegungen, die sich stets sehr aufrecht hielt. Sie stammte aus Berlin. Sie sprachen Deutsch miteinander.

Als er Louise ein paar Jahre zuvor eingestellt hatte, lebte noch seine jüngere Schwester Katarina bei ihm, die ihr Dorf verlassen hatte und von einer Zukunft in Paris träumte. Eines Tages war die Tür offen geblieben, und ihn hatte der plötzliche Eindruck befallen, beobachtet zu werden. Auf der Schwelle stand ein kleines Mädchen von zwei oder drei Jahren, die Hände hinter dem Rücken, und sah sich mit scheuen Blicken um, zugleich angelockt und betäubt von diesem wundersamen Ort, wo Kisten, Fadenspulen und Stoffhaufen nur darauf zu warten schienen, von ihr berührt zu werden. Er war einige Schritte auf sie zugegangen. Sie hatte sich unter einen Tisch geflüchtet.

Er hatte gerade das Wort an sie gerichtet, als eine Frau atemlos ins Zimmer stürmte. Sie kam von einem Händler im Parterre. Ihre Tochter war ihr davongelaufen, sie hatte sie überall gesucht, sie war untröstlich.

Franz bot ihr einen Stuhl an.

Als seine Schwester am Ende des Tages heimkam, erklärte er ihr, dass er eine Arbeitskraft einstellen würde. Sie würde sich ein wenig um die Wohnung kümmern und ihm im Atelier helfen. Louise Schillmann sei ihr Name. Ihr

Dienstherr könne sie nicht mehr bezahlen. Und sie habe eine Tochter zu betreuen, Alice.

»Dir ist aber klar, dass sie dich hängen lassen wird, wenn ihre Göre mal eine Schniefnase hat?«

Er antwortete ihr, dass er eine schwierige Entscheidung vor sich habe, über die er noch nachdenken werde. Am nächsten Tag sagte er Katarina, dass er ihr helfen würde, irgendwo ein Zimmer zu finden.

*

In den ersten Tagen des Jahres 1906 lernte Katarina einen Juwelier kennen, der sie mit Geschenken überhäufte und sich mit ihr verlobte. Von da an verspürte sie Mitleid mit ihrem Bruder, der, wie sie sagte, nicht ganz richtig im Kopf sei und sein Geld zum Fenster hinauswerfe.

Doch in Wahrheit ging es seinem Geschäft gut. Eines Abends prüfte er seine Bücher und kam zu dem Ergebnis, dass er einen Lehrling beschäftigen konnte. Er stellte Maurice ein, einen vierzehnjährigen Burschen, der direkt gegenüber wohnte.

Maurice traf jeden Morgen kurz nach Louise ein und ging zu ihr ins Atelier. Franz dagegen wechselte zwischen dem Atelier und dem Salon hin und her, sobald die ersten Kunden eintraten.

Irgendwann waren die Kunden wieder weg, Maurice und Louise gingen nach Hause, die Stunden reihten sich aneinander, und die Vorhänge wurden in der Stille des Abends schwerer und schwerer.

Franz blieb allein.

*

Jede Woche ging er am gleichen Tag zur gleichen Uhrzeit spazieren. Er nahm die Rue Saint-Augustin, dann die Rue de Richelieu und erreichte den Square Louvois. Dort umrundete er den Springbrunnen und hielt einen Augenblick inne. Er blickte an den Bäumen empor und sah zu, wie die Blätter im Wind wogten.

Er nahm stets denselben Weg zurück.

Danach, im Atelier, wirkte es nie, als wäre er wirklich zurückgekehrt. Eher, als sähe er noch immer die Bäume über seinem Kopf. Mit den Fingerspitzen zeichnete er manchmal die Form eines Astes oder einer Baumrinde in die Luft, die ihm gefallen hatte.

Maurice wunderte sich darüber und bestand darauf, dass Louise zugäbe, der Chef wäre nicht ganz richtig im Kopf. Louise lächelte und zuckte mit den Schultern. Sie mochte die Art, wie Franz die Menschen ansah, ohne zu urteilen, als wäre ihre bloße Anwesenheit eine Freude. Seine Art, genau das auszusprechen, was jemand anderes empfand, hatte sie schließlich überzeugt, dass er eine besondere Gabe hätte.

Maurice wiederholte: Er ist trotzdem ein komischer Typ.

*

Alice war fast sechs. An manchen Tagen, wenn es nicht anders ging, nahm Louise sie mit in die Rue Gaillon. Das Mädchen verbrachte im Salon Stunden damit, die Gegenstände einen nach dem anderen zu begrüßen. Eine Vase. Einen Schrank. Einen Stuhl. Dann fing sie mit ihrer hohen Kinderstimme wieder von vorne an.

Maurice verließ den Raum, ganz außer sich. Louise erging sich in Entschuldigungen. Franz lächelte.

Manchmal nahm er Alice mit zum Square Louvois. Unterwegs brachte er ihr die Namen der Pflanzen bei oder zeigte ihr tausend Kleinigkeiten, die er mit ihr entdeckte.

Sie himmelte ihn an. Wenn Franz, nachdem die Nacht hereingebrochen war, seine Gedichtsammlung suchte, fand er sie nicht selten inmitten von Alices Sachen – Stiften, einem Radiergummi und großen Blättern, von Klecksen bedeckt.

Sie konnte noch nicht lesen. Ihre Stimme klang sonderbar, als spräche sie aus weiter Ferne.

Manchmal hatte die Art, wie sie die Augen senkte, den Mund öffnete, die Füße setzte, etwas Angestrengtes, als wäre da ein Problem, eine wachsende Bedrohung, die einen beunruhigen konnte.

Dann wieder brach sie plötzlich in Gelächter aus, lief einem in die Arme, und man war beruhigt.

Louise murmelte: »Wenn nur ihr Vater …«

Mehr sagte sie nie. Franz stellte keine Fragen. Er wusste, ohne zu wissen. Eine Geschichte von Gewalt, Verschuldung, Verwahrlosung eines Ehemannes, der sein Leben im Alkohol ertränkt hatte, der verschwand und wieder auftauchte, voll vergeblicher Wut auf die Welt und sich selbst.

Louise fand jederzeit einen Vorwand, um auf den Balkon zu gehen, sei es um die Fenster zu putzen oder Spinnen zu fangen. Wenn man sie dort antraf, war sie stets in Tränen aufgelöst und beteuerte immerfort, dass man sich um sie nicht zu kümmern brauche.

*

Es war ein wahres Wunder aus grauem Seidentaft, zugleich sehr schlicht und doch überaus kunstvoll gearbeitet. Der unglaublich leichte Stoff schimmerte zu manchen Tageszeiten rosafarben. Ein geklöppeltes Einfassband akzentuierte die Taille.

In der Rue Gaillon hieß das Stück einfach nur *das Kleid*.

Franz stellte es bereits seit Jahren in einer Ecke des Salons auf einer alten hölzernen Ankleidepuppe aus. Nicht wenige Kunden hatten sich schon dafür interessiert, doch Franz weigerte sich, es zu verkaufen.

Alice durfte die Scheren anfassen, die Schubladen öffnen, sich jeden Winkel der Wohnung erobern, doch der

Puppe durfte sie sich nicht einmal nähern. Dies war die einzige Regel, die Franz festgelegt hatte. Das Mädchen bedrängte ihre Mutter mit Fragen: Woher dieses Kleid komme? Was das Besondere an ihm sei? Louise wusste darüber nichts. Sie wusste nur, dass sie noch niemals ein derart gut genähtes Kleidungsstück gesehen hatte.

An manchen Abenden blieb Franz mit verschlossenem Gesicht und bebenden Lippen vor *dem Kleid* stehen. Wenn man ihn fragte, ob ihm nicht wohl sei, erwiderte er, dass es ihm ganz ausgezeichnet gehe. Dann trat er auf den Balkon hinaus, wo er lang auf das Geländer gestützt verharrte.

Als Maurice ihn das erste Mal so stehen sah – vornübergebeugt, als würde er versuchen, nach etwas zu greifen –, glaubte er, Franz beabsichtige zu springen, und rannte zu ihm hin.

Franz betrachtete ihn überrascht.

»Der Himmel ist so schön heute Abend.«

Ich sammle die Fotos, die es von dir gibt.

Ich könnte nicht sagen, wo diese beiden aufgenommen wur-
den, geschweige denn wann. Ich habe sie in einer Zeitung von
damals gefunden.

Auf dem ersten Bild ist es vor allem dein Kragen, der meinen
Blick anzieht: Leuchtend weiß ragt er aus einem bauschig ge-
rundeten dunklen Anzug. Die Nähte um den Bauch und an
den Unterarmen sind deutlich sichtbar. Zwei Stoffzipfel, hin-
ter denen ein metallenes Gestell zu erahnen ist, erheben sich
über deinen Schultern. Deine Arme sind ausgebreitet, deine
Hände geöffnet. Deine Füße stecken bis zu den Knöcheln in ei-
ner Art Gummi.

Du posierst wie bei einer Anprobe.

Deine Augen, voll dunkler Schatten, wirken wie ein Balken
auf deinem Gesicht, der von deinem ausladenden Schnurrbart
ein Stück weiter unten verdoppelt wird. Deine Haare sind ge-
kämmt. Hinter dir eine graue Mauer.

Deine Arme empfangen uns. Du siehst untröstlich aus, wie
ein im Voraus Besiegter. Als würdest du sagen: Ich bin's doch nur.

Auf dem anderen Bild lädst du uns ein, das Innenleben deiner Montur zu entdecken. Eine Reihe von hellfarbigen Gurten gehen von den Hüften aus und sind mit den Enden an verschiedenen Stellen des Kleidungsstücks befestigt. Deine Arme bilden eine horizontale Linie; deine Beine, dein Oberkörper, dein Gesicht – mit widerspenstigem Blick und Sonne in den Augen – formen eine vertikale Achse, verlängert von einer Art Stoffhaube, die deinen Körper überragt und von zwei Stangen gehalten wird, die etwa dreißig Zentimeter von deinem Schädel abstehen.

Alles zusammen bildet ein Kreuz.

Die Mauer ragt weit empor, ich kann den Himmel nicht sehen.

Am Boden liegen Steine, Reisig und ich glaube auch Stücke von einem zerbrochenen Krug.

Von seinen Anfängen in Paris mehrere Jahre zuvor hatte Franz einen Freund behalten: Antonio Fernandez.

Es war im Jahr 1900, Franz war eben aus Österreich-Ungarn angekommen. Er hatte den Tag damit verbracht, bei Schneidern im Quartier de l'Opéra vorzusprechen, in der einen Hand seine alte Mütze, in der anderen ein kurzes Empfehlungsschreiben, in zweifelhaftem Französisch abgefasst von seinem Wiener Meister. Es gab nirgends eine freie Stelle.

Am Abend ging er entmutigt in ein Café. Ein Mann setzte sich zu ihm an den Tisch. Er hatte tiefschwarzes Haar.

»Ich hab dich vorhin bei meinem Chef gesehen. Du bist auch Schneider?«

Franz nickte.

»Deutscher, was?«

»Österreicher.«

»Egal. Sie wollen dich nicht, weil du nicht von hier bist. Bei mir war es genauso.«

Antonio kam aus Aranjuez in der Nähe von Madrid.

Er war vierundzwanzig, zwei Jahre älter als Franz. Er lebte schon lange in Paris.

»Komm mit mir.«

Eine Stunde später hatte Franz eine Stelle.

∗

Antonio war ein Tausendsassa. Er konnte Opernarien singen, einen Motor zerlegen und einem Dienstherrn in die Augen blicken und Nein sagen. In seinen freien Stunden entwarf er leichte Kleidchen, die keine Dame zu tragen gewagt hätte.

Er schien sich immer ein wenig zu langweilen. Er hatte fantastische, außergewöhnlich feine Hände.

»Ich werde nicht mein ganzes Leben lang Schneider sein«, wiederholte er mit leuchtenden Augen zwischen zwei Zügen an der Zigarette.

Franz und er arbeiteten erst einige Monate zusammen, als Antonio sich in der Rue Richepanse, nahe der Kirche La Madeleine, selbstständig machte. Sein Selbstbewusstsein und seine elegante Erscheinung bescherten ihm bald eine wohlhabende Kundschaft, sodass er nach nicht allzu langer Zeit eine Filiale in Nizza eröffnen konnte. Er gewöhnte sich an, einen Teil des Jahres in Paris zu verbringen, den anderen Teil an der Côte d'Azur, wo die englischen Urlaubsgäste ganz versessen auf seine Kreationen waren. Er wurde ein nahezu reicher Mann und heiratete.

Franz sah ihn von da an nur noch zwei oder drei Mal im Jahr; in Paris schien er sich immer mehr zu langweilen. Er sprach nie von seiner Frau, und sie begleitete ihn auch nie.

Manchmal las man seinen Namen in der Presse, weil er an Autorennen teilnahm.

*

Es war zweifellos die Ankunft der Brüder Wright in Frankreich im Jahr 1908, die alles verändert hatte. Ein Jahr später überquerte Blériot den Ärmelkanal. Pilotenschulen wurden gegründet, zuerst in der Nähe von Le Mans, dann in Pau. Rekorde begannen sich zu häufen – in Geschwindigkeit, Höhe und Flugdauer.

Frankreich entdeckte eine neue Leidenschaft.

Taxichauffeure, Studenten, Radrennfahrer, Hunderte von Draufgängern begannen plötzlich, von den Wolken zu träumen. Es war keine Begeisterung mehr, es war eine Besessenheit, eine gigantische Welle, als gäbe man sich etwas lange Vermisstem hin. In den Regalen stapelten sich Fachzeitschriften. Nie hatten die Herzen höher geschlagen. Hie und da erhoben sich mühselig Apparate in die Lüfte, die in Hinterhofwerkstätten oder auf Bauernhöfen gebaut worden waren, um alsbald wieder zu Boden zu stürzen.

Überall versammelten sich Menschenmassen, die Füße fest in den Boden gestemmt, und stießen die gleichen

Freudenschreie aus, streckten ihre Arme nach den Helden, den Verlorenen, den Verdammten aus, die ihre Riesenspielzeuge gen Himmel schleuderten, ohne zu wissen, dass sie sich damit ihr Grab schaufelten.

Man sprach damals noch nicht von Flugzeugen.

Man sprach von Flugapparaten.

*

Es war ein großartiges Schauspiel.

Von einem Tag auf den anderen wollte Antonio nichts mehr von Schneiderei oder von Autos wissen, übergab seine Geschäfte Verwaltern, ließ sich für teures Geld einen Motor mit fünfundzwanzig Pferdestärken liefern, dazu meterweise kautschukbeschichtete Leinwand, Holz und alle möglichen Arten von Kabeln, und schloss sich in einem Schuppen ein.

Das Ergebnis war ein Doppeldecker, der *Fernandez,* der sich keinen Zentimeter vom Boden erhob.

Also zerlegte Antonio seinen Apparat Stück für Stück wieder, zeichnete neue Pläne und fing von vorne an.

Eines schönen Morgens wischte er sich die Stirn mit einem ölgetränkten Taschentuch ab und begann zu lächeln: Vor ihm stand der *Fernandez II.*

Einige Wochen später, am 22. August 1909, stellte er seinen Apparat an der Pferderennbahn von Bétheny in der Nähe von Reims aus, wo an jenem Tag das erste internationale Luftfahrttreffen überhaupt eröffnet wurde. Mehrere Zehntausend Zuschauer wurden erwartet. Im eigens errichteten Bahnhof kam ein Zug nach dem anderen an. Riesige Tribünen säumten die Piste, dazu Dutzende von Hangars und Geschäften. Im Umkreis von mehreren Kilometern sah man Ballons und Luftschiffe langsam ihre Kreise ziehen. Die besten Piloten der Welt waren da, angezogen von den enormen Geldsummen, die denjenigen winkten, die am schnellsten, am weitesten oder am höchsten flogen.

Inmitten der Neugierigen, Journalisten und Mechaniker war Staatspräsident Armand Fallières zu sehen, Ministerpräsident Aristide Briand, Kriegsminister General Brun, Lloyd George, Schatzkanzler des Britischen Empire, ferner Prinz Albert von Belgien sowie alles, was die Champagne an Volksvertretern, Honoratioren, Vizepräsidenten, kommissarischen Subdirektoren, Adjutanten und ehrenamtlichen Assessoren aufzubieten hatte. Sie klopften den Teilnehmern auf die Schultern, stellten Fragen, deren Antworten sie nicht hörten, und gratulierten einander zum unaufhaltsamen Fortschritt.

Es regnete in Strömen.

Das Publikum zeigte an den Luftschiffen und Fesselballons allenfalls höfliches Interesse. Dass es sie schon seit Jahrzehnten gab, sprach gegen sie. Man war gekommen, um die achtunddreißig Flugapparate zu sehen, die für den Wettbewerb angemeldet waren.

Man war gekommen, um die Brüder Wright zu sehen, die Pioniere, die eigenhändig den *Flyer* gebaut hatten, in dem sie sich an einem Dezembertag des Jahres 1903 nacheinander in drei Meter Höhe erhoben, um am Strand von Kitty Hawk, North Carolina, eine Strecke von mehr als zweihundert Metern zu überfliegen.

Man war gekommen, um Louis Blériot zu sehen, noch immer vom Glanz seiner Ruhmestat umgeben, am 25. Juli den Ärmelkanal in siebenunddreißig Minuten überquert zu haben, der am vorletzten Tag des Luftfahrttreffens, am 28. August, abstürzte und es unter dem Applaus der Menge schaffte, sich aus dem in Flammen stehenden Flugapparat zu retten.

Man war gekommen, um Hubert Latham zu sehen, einen dandyhaften Erfinder, der sich im Dezember 1910 damit brüstete, als erster Luftfahrer eine Ente im Flug erlegt zu haben, ohne die Steuerung seines Flugapparats loszulassen.

Man war gekommen, um Curtiss zu sehen, Tissandier, Delagrange, Farman, Santos-Dumont, all die Verrückten, die einen Weg zum Himmel suchten und nur Rekorde und Eroberungen vor Augen hatten.

Fernandez? Ihn kannte niemand.

*

Antonio, mitten in der Menge hinter den Abgrenzungen, murmelte ein Gebet zur Muttergottes. Einige Stunden zuvor hatte er beschlossen, das Steuer nicht selbst in die Hand zu nehmen. Ein Pilot würde das übernehmen. Er wusste, dass er zu nervös war, um es zu schaffen. Und in seinen Augen war es gut genug, ein Konstrukteur zu sein.

Der Moment kam, der Flugapparat nahm seine Position auf der Piste ein. Die anderen Geräte flogen eines nach dem anderen ab. Dann war seines an der Reihe. Antonio hatte gute Hoffnung, einen der Preise zu erringen.

Der *Fernandez II* bewegte sich keinen Zoll. Der Motor war abgesoffen.

Noch ein Foto. Das Datum ist ungewiss. Die Zeitung, die es veröffentlichte, gibt an, dass es bei Paris aufgenommen wurde, in Joinville. Du übst dich im Fliegen.

Ganz oben spalten zwei Diagonalen den grauen Himmel: in der Mitte ein Scheunendach, rechts das Dach eines imposanteren Gebäudes, gewürfelt von Fachwerkbalken. Zweifellos ein Stall. An der Vorderseite ein roher Stapel aus Steinen und Mörtel: eine zugemauerte Tür. Die Scheune ist aus Holz; ihre Bretter, zierlich und gerade, formen eine Art vertikale Schraffur.

Eine schräge Linie quert von unten nach oben den rechten Teil des Bildes. Es ist eine Leiter, gegen den Stall gelehnt. Liegt es am Licht oder an der Farbe des Holzes? Das untere Ende der Leiter ist grau, das obere fast weiß.

Der Fotograf hat dich mitten im Sprung erwischt, zwei Meter über dem Boden. Deine Beine sind leicht gebeugt, die Füße weisen nach unten. Zwei Gurte entwachsen deinen Knöcheln und erreichen ein Stück höher den rechten Teil einer dicken Stoffblase, die deinen Oberkörper und deinen Kopf verdeckt. Diese sehr dunkle Leinwand nimmt beinahe das Zentrum der Fotografie ein. Das Spiel der Schatten gräbt Reliefs hinein.

Eine Stoffwölbung lässt vielleicht, angeschmiegt an dein Gesicht, dessen Rundung erahnen.

Weiter unten, ein Stück nach links versetzt, malt dein Schatten einen Kreis auf die Scheune. Er fällt genau auf eine zweiflügelige Tür.

Ganz unten, auf dem Boden, eine Lage Stroh.

Ich mag deine Silhouette auf der geschlossenen Tür. Ich mag diesen Eindruck von schwebender Heiterkeit. Du bist wie ein Kind, das einen Regenschirm nimmt und von einem Mäuerchen springt; ein Sturz nur so zum Spaß. Und ganz besonders mag ich diese Glocke aus Stoff, die dir das Gesicht raubt: Du bist einfach irgendjemand.

Du bist der Traum, der Glaube, der Wunsch, der Taumel.

Es war in den ersten Oktobertagen des Jahres 1909. Ein grauer Lichtschein fiel durch die Glaswände des Grand Palais, wo seit einigen Tagen die erste internationale Luftfahrtausstellung stattfand.

Hunderte von Menschen spazierten durch weite Gänge, an denen sich Flugapparate aufreihten. Zwei Fesselballons, an Stricken festgezurrt, ließen ihre graue Schatten über dem Boden schweben. Die Hitze war unerträglich. Franz sah sich um. Er fühlte sich verloren. Die Luftfahrt interessierte ihn im Grunde nicht. Er war wegen seines Freundes gekommen.

Es dauerte eine ganze Weile, bis er den Stand entdeckte. Antonio war allein. Hinter ihm, umgeben von einem roten Band, befand sich eine Konstruktion aus Holz und Stoffen, die auf ein Dreirad montiert war. Hübsch, leicht und zerbrechlich wie eine Kindheit.

Antonios Gesicht leuchtete auf.

»Das hier, Franz, ist der *Aéral*«, sagte er, während seine Augen ein paar Neugierigen folgten, die sich dem Stand näherten. »Ich hab für ihn mein Bestes gegeben.«

Eine alte Dame trat zaghaft näher. Ob sich der Stand von Louis Blériot in diesem Teil der Halle befinde? Angeblich könne man hier den Apparat sehen, mit dem er den Ärmelkanal überquert habe.

Antonio wies in Richtung einer Menschenansammlung in der Nähe. Als er mit Franz allein war, wandte er ihm sein enttäuschtes Gesicht zu.

»Nächstes Mal werd ich niemandem das Steuer überlassen. Ich werd fliegen wie die anderen, du wirst schon sehen. Höher und weiter.«

Er hob, noch während er sprach, langsam den Kopf. Mit feuchten Augen ließ er sich berauschen vom Ruf der Möglichkeiten und den Stürmen des Fortschritts.

*

Bevor Franz an jenem Abend heimkehrte, nahm er die Rue Saint-Augustin, dann die Rue de Richelieu und erreichte den Square Louvois. Dort umrundete er den Springbrunnen und hielt einen Augenblick inne. Dann blickte er an den Bäumen empor und sah zu, wie die Blätter im Wind wogten.

Die Kastanienbäume waren gelb geworden.

Er verspürte eine merkwürdige Traurigkeit. Er hatte den Herbst nicht kommen sehen.

*

Es war Nacht geworden. Franz schickte sich an, schlafen zu gehen, als er ein Klopfen an der Tür hörte. Es war Antonio.

Sein Atem roch nach Alkohol. Er sprach laut.

Er ließ sich in einen Sessel fallen.

»Ich breche morgen wieder auf. Zeit, den *Aéral* zu demontieren und in den Zug zu verladen. Ich habe schon Ideen, was man besser machen kann. Der Motor, das hintere Querruder. Nächste Woche probier ich's wieder. Und diesmal …«

Franz nickte verständnisvoll. Antonio hatte sich verändert. Der gehetzte Blick, diese Stimme, der Wortschwall waren die eines Menschen, der Angst hat und sich selbst beruhigen will. Etwas nagte an ihm.

Er sprach unaufhörlich. Noch nie sei er so glücklich gewesen, wiederholte er, es sei eine reine Wonne, niemand könne sich die Glücksgefühle vorstellen, die er in seinem Hangar empfinde oder wenn er in seine Flugmaschine steige.

Seine Hände zitterten.

»Ist das so wichtig?«, fragte Franz.

Da Antonio schwieg, fuhr er fort:

»Deine Maschinen. Die Zeit, das Geld, die Energie, die du opferst. Du wirst deine Gesundheit damit ruinieren. Du wirst …«

Franz unterbrach sich. Antonio richtete sich in seinem Sessel auf und lächelte. Franz war ein Schwächling. Wie die anderen.

Er verspürte plötzlich das Bedürfnis, ihm wehzutun.

»Was hast du denn schon erreicht? Schau dich doch mal an. Schau dir dieses kleine, düstere Zimmer an. Und du bist allein.«

Als er seinen Blick mechanisch durch den Salon wandern ließ, hefteten sich seine Augen an *das Kleid.*

»Und dieser alte Fetzen da … du kommst nicht weiter, Franz. Immerzu die Vergangenheit …«

Franz reagierte nicht. Antonio war nicht er selbst. Er hatte getrunken. Aus ihm sprach die Angst. Seine panische Angst vor dem Scheitern.

Franz erhob sich. »Ich mache uns einen Kaffee.«

Als er zurückkam, war Antonio eingeschlafen. Mit dem halb offenen Mund und dem zurückgeneigten Kopf sah er aus wie ein Kind.

Franz breitete eine Decke über ihm aus und löschte das Licht.

*

Am nächsten Morgen konnte sich Antonio an nichts mehr erinnern. Er bedankte sich bei Franz und sagte, er werde zum Grand Palais zurückkehren, um den *Aéral* zu demontieren.

»Beinah hätte ich es vergessen«, fügte er beim Aufbruch hinzu. »Ich hab noch was für dich.«

Er zog einen Umschlag aus seiner Jacke und reichte ihn seinem Freund. Franz drehte und wendete ihn in seinen Händen, als handele es sich um den einzigen Gegenstand, der ihm aus einer weit zurückliegenden Vergangenheit geblieben war. Darinnen befand sich ein Foto. Ein Mann wies mit dem Finger zum Himmel. Das Bild war unscharf, es hätte jeder sein können, aber es war Antonio. Mit seiner anderen Hand berührte er den Rumpf einer Flugmaschine. Das Bild war in der Mitte gefaltet. Entlang des Knicks war das Papier beschädigt.

»Stell's irgendwo auf«, sagte Antonio.

Er brach in lautes Gelächter aus und ging.

Dieses Foto stammt von ebenjenem Morgen des 4. Februar 1912. Deutlich sieht man zu deiner Rechten einen der Pfeiler des Eiffelturms. Der Augenblick ist da. Gleich ist es so weit. Geballte Fäuste, vorgereckte Brust, stolzer Blick, deine Haltung fordernd. Deine Füße sind wie in den Boden eingepflanzt. Deine Schnurrbartspitzen, immer noch genauso dicht, ragen leicht nach oben.

Du glaubst daran. Du glaubst an dieses Ding auf deinem Rücken, das sich zehn, zwanzig, dreißig Minuten später nicht öffnen wird.

Im Grunde genommen glaubt ihr alle daran. Nicht an deinen Fallschirm, aber an Ruhm, an die Nation, an den Fortschritt, an die Idee einer Zukunft. Die Flugzeuge, die ihr habt, erzählen euch nichts von Angst, von Bombenabwürfen und Geiselnahmen, vom World Trade Center, vom plötzlichen Verschwinden über dem Ozean, vom CO_2-Fußabdruck und von der bevorstehenden Katastrophe. Eure Welt scheint einfacher zu sein und besser gestaltet als unsere und zudem von fröhlicher Naivität. In den Cafés, auf der Straße und in den Schulen sprecht ihr über Getreidepreise, über das chinesische Kaiserreich und über die Eroberung der Antarktis. Ihr seht nicht den kommenden Krieg, der euch hinwegfegen wird. Ihr wisst nicht, dass Kulturen sterblich sind.

Du bist nicht allein auf diesem Geländer, siebenundfünfzig Meter über dem Erdboden. Mit euren Schnauzbärten, Baskenmützen, Sonnenschirmen und schönen Hüten seid ihr alle dort, über denselben Abgrund gebeugt.

Mitte November verließ Antonio Nizza und quartierte sich auf dem Flugplatz von La Brague bei Antibes ein. Er hatte sich ein Zimmer in dem Hangar eingerichtet, der den *Aéral* beherbergte. Mit zwei Assistenten nahm er daran jeden Tag neue Einstellungen vor. Die Versuche waren ermutigend.

Am 27. erhob sich der Flugapparat etwa zwanzig Meter in die Höhe und wurde dann von einer Windbö wieder zu Boden geworfen. Einer der Flügel zerbrach. Antonio kam unverletzt davon.

Der Flügel wurde rasch repariert. Ein Mechaniker machte darauf aufmerksam, dass das Zugseil des Steuerruders starke Abnutzungserscheinungen zeigte. Es scheuerte beständig an einer Blechplatte und musste durch ein Drahtseil ersetzt werden.

»Wie lang dauert es, bis wir eins auftreiben?«, fragte Antonio.

»Wenn es ein gutes sein soll, dann drei Tage. Vielleicht auch nur zwei.«

»Dann lassen wir's.«

Am nächsten Tag, am 28. November, verhinderte ein Sturm all seine weiteren Aktivitäten. Ebenso am 29. Am 30. brachte seine Frau in Nizza eine Tochter zur Welt. Er kam beinahe rechtzeitig dazu. Es war eine komplizierte Geburt. Als sie aufwachte, bat sie ihn inständig, ein paar Tage bei ihnen zu bleiben.

Am Abend des 5. Dezember kehrte er, unzufrieden mit sich, nach La Brague zurück. Mit einer ungeschickten Bewegung zerbrach er einen Spiegel. Ein vages Gefühl von Unruhe ergriff ihn. Das Tosen des Windes war ihm zuwider.

Am 6. gegen sieben Uhr ließ der Wind nach. Gemeinsam mit dem Mechaniker inspizierte Antonio den Apparat ein letztes Mal. Das Zugseil würde halten. Sie schoben den *Aéral* aus dem Hangar.

Die Maschine schwang sich empor, gewann an Höhe und stieg auf dreißig Meter.

*

Am 7. Dezember erschienen Berichte in mehreren Zeitungen. Man gab dem Zugseil die Schuld. Sehr wahrscheinlich war es in einer Kurve gerissen. Ein senkrechter Sturz. Der Pilot auf der Stelle tot, sein Körper von der Maschine zerquetscht, sein Kopf in das kalte Erdreich gebohrt.

Dreiunddreißig Jahre.

Eine junge Witwe und eine Tochter, noch keine zwei Wochen alt.

In der Zeitung, die Franz Louise reichte, ohne imstande zu sein, auch nur ein Wort hervorzubringen, war Folgendes zu lesen:

»Madame Fernandez, die noch nicht vollständig genesen ist, wurde noch nicht über das Ausmaß des Unglücks unterrichtet, das sie betrifft. Man hat sich bislang darauf beschränkt, ihr mitzuteilen, dass ihr Mann sich bei einem Unfall den Arm gebrochen hat; die ganze Wahrheit wird sie erst nach und nach erfahren.« (*Le Petit Parisien*, 7. Dezember 1909)

*

An jenem Tag nahm Franz weder die Rue Saint-Augustin noch die Rue de Richelieu.

Er ging die Avenue de l'Opéra hinab bis zum Louvre und wandte sich dann zum Tuileriengarten, wo ihn die winterliche Kargheit der Bäume dazu brachte, einen Moment innezuhalten. Dann drängte er sich durch zum Grand Palais, überquerte die Seine, lief am Invalidenheim entlang, bog zum Trocadéro ab, machte eine abrupte Kehrtwendung zum Friedhof von Passy und verlor jeglichen Begriff von Raum und Zeit.

Er floh.

Er blickte auf seine Füße, um nicht das einfache und glückliche Leben der Passanten sehen zu müssen. Er lief, um nicht mehr denken zu müssen, und sagte sich vor, wie süß es wäre, sich einfach fallen zu lassen und in die Seine zu gleiten. Dann aber quälte ihn selbst diese Versuchung, und er beschleunigte seinen Schritt. Er stieß in eine schmale Gasse, und mit einem Mal öffneten sich vor ihm Alleen, als wären es Abgründe. Da bekam er es mit der Angst zu tun, kehrte um und ging weiter, allein in der Menge, auf der Suche nach etwas, das er niemals finden würde. Alles war leer.

Gegen Abend setzte er sich ans Flussufer.

An den Fassaden glühten die Fenster rot auf. Große graue Wolken ballten sich über den Häusern. Der Himmel hing in Fetzen. Der Eiffelturm warf seine düstere Masse auf die Seine.

Franz blickte unverwandt auf die Lichtreflexe.

Er kam aus einem anderen Jahrhundert, aus einem anderen Land, und er spürte, wie nach und nach eine Vergangenheit aus toten Dingen und geplatzten Träumen vorüberfloss.

*

Er ist sechzehn Jahre alt, siebzehn vielleicht. Er kommt nach Monaten der Abwesenheit aus Wien zurück. Seine Mutter ist da, sie wartet am Bahnhof. Sie blickt ihn mit Zuneigung an.

Er geht durch die Dorfstraßen. Staub legt sich auf sein Gesicht. Die Eindrücke seiner Kindheit kehren zurück, der Duft von getrocknetem Hopfen, die drückende Hitze.

Sein Vater hat wulstige Hände. Er ist ein verbitterter, verkrümmter, verbrauchter Mann; der Schweiß glänzt auf seiner pockennarbigen Haut. All die Stunden, in denen er Leder bearbeitet hat, haben ihn hart werden lassen.

Franz setzt sich vorne zu ihm auf den Karren. Lastendes Schweigen. Beiden setzt es zu, einander so fremd zu sein. Sie haben Durst.

Die Rüben sind bald so weit, verkündet der Vater plötzlich. Franz fällt keine Antwort ein. Er macht sich Vorwürfe und wünscht sich weit weg.

Sie suchen einen Nachbarn auf, den alten Wagner. Er füllt Gläser mit Likör und spricht mit dem Vater über die Vergangenheit. Er hat einen traurigen Blick. Kürzlich hat er zum zweiten Mal geheiratet.

Frau Wagner ist schön.

Franz geht wieder zu den Wagners, diesmal allein. Er bietet an, bei der Rübenernte zu helfen. Die Rüben sind lang und fein, manchmal auch rundlich prall und glatt wie Schädel. Franz durchwühlt die Erdklumpen, bis er nicht mehr kann.

Unter einem Baum ruht er sich aus. Frau Wagner kommt zu ihm. Martha, sag Martha zu mir. Sie duzt ihn, nennt ihn den kleinen Reichelt. Sie hat Wein, Wasser und etwas zu essen mitgebracht. Er hat sie schon von Weitem gesehen, eine schlanke Gestalt in einem blauen Kleid, die quer über die Wiese näher kam und leichtfüßig über die Umzäunung stieg. Dann geht sie wieder. Den ganzen Nachmittag sieht er sie noch über die Wiese gehen. Seine Gedanken folgen den Spuren, die sie hinterlassen hat, den Haarsträhnen, die unter ihrem Hut hervorhingen, den trockenen Lippen, den Augenlidern, die ein wenig schimmerten.

Am Abend heißt Wagner ihn zum Essen bleiben. Die Petroleumlampe wirft ihren Schein auf Marthas Gesicht. Das blaue Kleid lässt die Schultern frei.

Wagner wird in den Stall geholt, eine Kuh braucht Hilfe beim Kalben.

Hände berühren einander flüchtig auf der Treppe.

Martha beugt sich über den Balkon.

Sie zeigt ihm die Aussicht, die Flussschleifen, die goldenen Lichtreflexe auf dem Wasser, die hereinbrechende Nacht. Sie deutet auf die Hügel, die an manchen Morgen so blau sind, dass man sie kaum vom Himmel unterscheiden kann. Ihre Haare duften.

Auf seiner Haut spürt er noch den Körper, der wie eine Welle über ihn kam.

*

Franz stand schweigend im Salon. Louise wagte nicht zu sprechen. Sie sah, dass er in Gedanken verloren war. Er sah die Puppe an. *Das Kleid.*

»Erzählen Sie«, sagte sie schließlich.

Franz wandte seinen Blick zum Fenster. Der Himmel war aschgrau.

»Ich bin mehrere Male zu Martha gegangen. Dann musste ich nach Wien zurück. Vier Monate später bin ich wiedergekommen.«

Er schwieg eine Weile.

»Es schneite. Ich hatte niemandem gesagt, dass ich komme. Ich konnte es kaum erwarten, Martha wiederzusehen, und hatte zugleich Angst davor. Ich bin zuerst zu meinen Eltern gegangen. Meine Schwester hat mich eingelassen. Meine Mutter saß beim Ofen und sprach kein Wort. Mein Vater auch nicht. Ich hatte gedacht, sie wären erfreut, mich zu sehen. Ich habe zu meinem Vater gesagt, dass ich vorhabe, die Wagners zu besuchen, und habe ihn gefragt, ob er mir für sie etwas mitgeben will.«

Franz' Lippen begannen zu zittern. Er bedeckte das Gesicht mit den Händen und sagte mit einer Stimme, die nicht mehr seine war:

»Martha war gestorben. Ein paar Wochen zuvor. Das sagte mein Vater und ging hinaus. In seinem Gesicht war keine Gefühlsregung zu erkennen. Meine Mutter sah mich immer noch an.«

Louise verharrte in Schweigen. Franz beantwortete ihre unausgesprochene Frage.

»Nach zwei Tagen bin ich wieder weg. Vor meiner Abreise sagte meine Mutter: ›Er hat sie verdroschen. Du weißt schon. Wagner.‹«

Die Schatten, die sie umgaben, wurden länger. Der Salon versank in Dunkelheit.

»Ich habe nie erfahren, ob es wegen mir war. Ich glaube, dass …«

Er ließ den Satz unvollendet und fuhr fort:

»Das graue Kleid auf der Puppe, das war für sie. Ich hab's für sie angefangen. Als ich es fertig hatte, war es immer noch für sie, aber sie war tot.«

Louise dachte an ihre Tochter und an ihren Mann, der sie verlassen hatte.

Schließlich sagte sie:

»Wir können nichts dafür, wo unsere Liebe hinfällt.«

Es gibt auch einen Film.

Einen kurzen Film in Schwarz-Weiß, ohne Tonspur. Man verdankt ihn zwei Kameramännern, deren einer auf der Plattform des Eiffelturms stand, der andere siebenundfünfzig Meter tiefer auf dem Champ de Mars. Der Film ist ganz von Streifen durchzogen. Die weißen Flecken wirken wie Schneeflocken.

Am Anfang bist du noch unten. Hinter dir ein paar dürre Bäume. Vor dem grauen Hintergrund heben sich Straßenlaternen ab. Weiter weg die Silhouette einiger Häuser unter dem Himmel.

Deine Gesichtszüge ertrinken im Schatten. Du löst deine Arme aus ihrer Verschränkung und drehst dich um die eigene Achse. Du zeigst uns etwas: Das dicke Bündel auf deinem Rücken, in das du deine Hoffnungen legst. Dein Fallschirm.

Dann bist du wieder uns zugewandt. Du lüpfst die Mütze, um die Kamera zu grüßen. Deine Bartspitzen kräuseln sich ein wenig: du lächelst.

Szenenwechsel. Dein Körper wird von einem großen dunklen Tuch bedeckt. Zwei Stoffzipfel ragen über deine Schultern.

Mit den Bewegungen deiner Arme wirft dein Overall Falten um die Beine. Deine Gesten sind unbeholfen, ruckartig, drollig.

Du bist oben auf der ersten Plattform. Du stehst auf einem Stuhl. Der Stuhl steht auf einem Tisch.

Rechts daneben, ein Stück darunter, zwei Männer. Einer der beiden trägt eine Mütze und einen Schal. Er inspiziert deinen Overall und spricht dir Mut zu. Der Zweite, dessen Haupt von einem Zylinderhut bedeckt ist, bleibt unbeweglich und hält seinen Spazierstock umklammert. Seine Miene ist ernst und undurchdringlich.

Ihr friert alle drei. Sobald er kann, vergräbt der Mann mit der Mütze seine Hände in den Manteltaschen. Dunstwolken kommen aus deinem Mund. Du atmest immer schneller.

Noch immer stehst du auf dem Stuhl und blickst dich um. Du suchst etwas in den Augen der beiden anderen – vielleicht die Genehmigung, nicht an das zu denken, was dich erwartet. Dann faltest du die Arme ein, schüttelst den großen Umhang, der sich in deinem Rücken zusammenzieht, und stellst deinen rechten Fuß auf die Brüstung.

Ein sachter Kameraschwenk. Die zwei Begleiter verschwinden nach und nach aus dem Blickfeld, links öffnet sich ein Abgrund. Neununddreißig Sekunden verrinnen. Der tiefe Schlund ängstigt dich ebenso sehr, wie er dich fasziniert: Du neigst dich nach vorn, weichst instinktiv wieder zurück, beugst dich wieder hinunter, trittst zurück, neigst dich nach

vorn, hältst einen langen Moment den Atem an, und schließlich, in einer großen Dunstwolke, springst du.

Szenenwechsel. Einer der Bögen des Eiffelturms.

Einen Augenblick später löst sich ein schwarzer Punkt aus
dem metallenen Halbkreis. Kaum hat man dich gesichtet, wirst
du zu unserem Schrecken auch schon zu einem mächtigen Fleck
am Himmel. Vor unseren Augen fällt etwas nieder, das in kei-
ner Sprache einen Namen hat, weniger als ein Mensch, mehr
als ein Toter, eine dunkle und lächerliche Masse.

Das bist du.

Die Kamera erfasst den Moment, in dem du in einer Staub-
wolke auf dem Erdboden aufschlägst. Der Sturz hat genau vier
Sekunden gedauert.

Man würde zu gern an einen Gag glauben. Charlie Chap-
lin als Tänzer auf einem Stuhl. Buster Keaton als Erfinder eines Fallschirms, der sich nicht öffnet. Im Internet liegst du auf
der Hitliste der dümmsten Todesfälle der Geschichte weit vorne. Man macht ironische Bemerkungen. Macht sich lustig über
das Kostüm des gescheiterten Superhelden.

Allerdings: Wer einen Gag macht, steht danach wieder auf
und schlägt kein fünfzehn Zentimeter tiefes Loch in den Rasen
des Champ de Mars.

An jenem Morgen, jenem kalten Februarmorgen haben alle
gesehen, wie du lächelst, die Augen zusammenkneifst und ein
letztes Mal über deine langen Schnurrbartspitzen streichst. Sie

haben gesehen, wie du dich ihnen noch einmal mit einer Geste zugewandt hast, ehe du im Treppenaufgang verschwunden bist.

Und sie haben dich schreien hören, als du fielst.

Ein weißes Licht, sehr hell. Eine Erschöpfung, wie sie sie noch niemals empfunden hat. Das Gefühl, man schlage ihr den Schädel ein und reiße ihren Brustkorb auf.

Als sie die Augen wieder öffnet, kann sie nichts erkennen außer einer großen Uhr an der Wand. Doch sie schafft es nicht, die Zeit abzulesen.

Sie ruft die Krankenschwester und deutet auf die Wanduhr.

Die Krankenschwester wendet sich nicht um. Mit zuckersüßer Stimme sagt sie: »Was für einen schönen Säugling Sie in den Armen halten.«

Dies sind die einzigen Erinnerungen, die sie von jenem Tag behalten hat.

Und die Worte: Antonio wird nicht kommen.

*

Die Zeit danach war ein einziger Nebel. Sechs Wochen lang hatte sie Fieber. Als sie genesen war, zeigte man ihr ein Witwenkleid, zusammengefaltet auf einem Stuhl, das sie anziehen sollte. Den Säugling hatte man einer Amme übergeben. Von Antonios Geschäft war nichts geblieben. Die Angestellten waren gegangen, und die Läden in Nizza und Paris waren verkauft worden, um die Schulden zu bezahlen.

Emma war achtundzwanzig Jahre alt.

Noch in derselben Nacht stand sie plötzlich auf und lief zu einer Brücke, die ganz in der Nähe ihres Elternhauses eine Eisenbahnlinie überquerte. Fast eine Stunde stand sie wie hypnotisiert am Geländer.

Als ihr Vater sie fand, gab er ihr ein paar Ohrfeigen. Ihre Mutter sagte ihr, sie hätte ihnen Schande gemacht. Für die Nachbarn schrieben sie diese Episode dem Fieber zu.

Am nächsten Tag nahm sie ihr Kind wieder zu sich und teilte ihren Eltern mit, dass sie gehen werde.

Sie schrien auf, wie undankbar sie sei, wie sehr sie sie enttäusche und schon immer enttäuscht habe. Sie gab zurück, dass sie ganz recht hätten. Und dass sie nicht bleiben würde.

Sie würde nach Paris gehen. Sie wusste weder, was sie dort tun sollte, noch was sie sich davon erwartete, doch es war das erste Mal, dass sie eine Entscheidung getroffen hatte. Und an der hielt sie fest.

*

Es waren die ersten Apriltage des Jahres 1910.

Gleich nach der Ankunft an der Gare de Lyon ließ Emma sich mit ihrem Kind im Arm den Weg zur Rue Richepanse weisen. Bald stand sie vor einem dekorierten Schaufenster im Erdgeschoss eines vornehmen Hauses. Sie trat näher. An den mit rotem Samt bespannten Wänden reihten sich große vergoldete Spiegel aneinander. Zwei, drei Angestellte waren eifrig mit einer Dame beschäftigt, die verdrossen in einem Korb mit Haarbändern wühlte.

Hier war sie, die Boutique ihres Mannes.

Sein ehemaliger Geschäftsführer hatte sie zu einem Spottpreis gekauft.

Emma ging auf ihn zu. Er erkannte sie und empfing sie mit ausgesuchter Höflichkeit. Ob er ihr auf welche Weise auch immer gefällig sein könne? Sie stieß ein paar schnelle Worte hervor. Dass sie in Paris niemanden kenne. Dass sie nähen könne, stopfen, sticken. Ihr Kind sei vier Monate alt. Ein Mädchen namens Rose.

Der Mann musterte sie, zögerte einen Moment und schien Berechnungen anzustellen. Schließlich sagte er ihr, dass er sie drei Tage wöchentlich im Laden beschäftigen könne. Den Rest der Zeit könne sie selbstständig zu Hause als Stickerin arbeiten. Er habe im Haus gerade eine Unterkunft zu vermieten. Nicht groß, aber sehr sauber. Dies würde Madame erlauben, sich um ihr kleines Kind zu kümmern. Für die drei Tage im Laden müsste man eine Amme finden. Deren Lohn käme natürlich zur Miete dazu.

Emma akzeptierte alles.

Sie ließ sich in ein kleines Zimmer unter dem Dach führen. Weiß gekalkte Wände, ein Waschbecken, ein Tisch, ein Stuhl, ein schmales Bett – Emma betrachtete lang dieses Ensemble, das von nun an die Kulisse ihres Lebens sein würde, drückte Rose an sich und ließ sich erschöpft aufs Bett fallen.

Am nächsten Morgen drehte sie eine Runde durchs Viertel, ließ sich zwei oder drei Ammen nennen, vertraute ihr Mädchen einer von ihnen an und ging ins Atelier.

Der neue Herr des Hauses musterte sie mit zufriedener Miene ein weiteres Mal, drückte ihr eine alte Stola als Näharbeit in die Hand und hieß sie an der Eingangstür Platz nehmen.

Der Effekt war erstaunlich. Zwei Wochen lang war das Geschäft voller Leute. Kunden, Nachbarn und Schaulustige drängten sich vor Emma. Sie kondolierten ihr und überhäuften sie mit Fragen. Ob sie auch einmal an Bord der Flugmaschine gewesen sei? Ob sie die Brüder Wright kennengelernt habe? Ob die Zeitungen in Nizza viel über Antonio berichteten?

Sie schlug die Augen nieder. Von all dem wisse sie nichts, murmelte sie. Oder auch: Das ist vorbei.

Niemand kümmerte sich um ihren Schmerz, niemanden interessierte, was sie hatte erleiden müssen oder noch zu erhoffen hatte.

Man war gekommen, um die Witwe zu sehen.

*

Emma verließ ihr Zimmer nur, um Rose bei der Amme abzugeben, ihren Platz im Laden einzunehmen oder die paar Straßen zu durchstreifen, die die Grenzen ihres neuen Universums markierten. Den Rest der Zeit verbrachte sie in klösterlicher Abgeschiedenheit und passte beim Sticken auf Rose auf. Ein Ladengehilfe oder die Concierge klopften zuweilen bei ihr an, um Kleinarbeiten abzugeben, die sie bis zum nächsten Tag erledigte.

Am Abend öffnete sie das Dachfenster und blieb eine ganze Weile im Dämmerlicht sitzen. Sie dachte an die Zeit, die nicht voranschreiten wollte, an windige Tage am Meer, dort unten in Nizza, und an den goldenen Puder der Mimosen.

Antonio ... wenn er von Motoren gesprochen hatte, war das so grausam gewesen, als spreche er von einer anderen Frau. Es war eine Trunkenheit, eine Raserei gewesen. Wann immer es ihm möglich war, hatte er sich in seinem Arbeitszimmer eingeschlossen oder war ausgegangen. Wenn er zurückkam, einerlei ob missmutig oder geradezu unerträglich vergnügt, würdigte er sie keines Blickes und verlor kein Wort über die Stunden, die sie allein verbracht hatte. Sie nahm es hin, wie sie überhaupt alles von seiner Seite hinnahm. Sie hatte niemals etwas über sein Leben in Paris gewusst. Sie hatte ihn geliebt und liebte ihn noch immer. Doch sie nahm es ihm übel, dass er ihr alles genommen hatte, während sie ihm alles gegeben hatte. Sie nahm ihm den Gesichtsausdruck übel, den er an jenem Tag im Krankenhaus auf ihre flehentliche Bitte, bei ihr zu bleiben, gezeigt hatte. Sie nahm ihm übel, dass er gegangen war. Sie nahm ihm übel, dass er tot war.

Es waren stets dieselben Gedanken. Emma fühlte die Blicke der Kundinnen im Laden auf sich; sie hatten eine Art, sie zu mustern, als würden sie sie überwachen. Emmas Kleidung war ihnen entweder zu schwarz oder nicht schwarz genug. Ihre Eltern schrieben ihr jede Woche Briefe, in denen sie ihre Rückkehr verlangten und von Geld sprachen, ihr klarmachten, dass es ein Fehler gewesen sei, zu gehen, und dass das alles keinen Sinn habe. Und Rose … was hätte sie ihr schon zu bieten?

Unter dem Dachfenster beruhigte sie sich ein wenig. Die frische Luft tat ihr gut. Sie ließ das Brausen der Stadt heranbranden, das Omnibusgebimmel, das Kindergeschrei, das Leben.

Sehen konnte sie von dort oben nichts. Die Passanten waren nichts als ein Gewirr von Stimmen und Schritten. Sie spürte eine vage Zuneigung zu ihnen. Rose wuchs mitten unter ihnen auf. Sie würde eines dieser Kinder werden, die Emma lachen hörte und von denen sie sich vorstellte, dass sie Arm in Arm in Zweierreihen an einem lächelnden Großvater vorbeimarschierten, und sie wunderte sich darüber, dass sie immer noch zu dieser Welt

gehörte und jeden Morgen begrüßte, als wäre es der letzte.

Es war noch nicht zu spät für ein anderes Leben.

Und jeden Abend, wenn sie in den Schlaf hinüberdäm-
merte, gelobte sie, am nächsten Tag all die Prachtstraßen,
Plätze und Boulevards zu erkunden, die sie auf Zeitungs-
fotos gesehen hatte.

Diesen alten Schwarz-Weiß-Film habe ich an einem Winter-
abend im Internet entdeckt.

Auf den Nachrichtenseiten ging es um einen Bombenalarm
in Madrid, den Krieg in Syrien, Massaker in Nigeria, eine
Explosion über Somalia. Und irgendwo inmitten der täglichen
Katastrophen war unter der Rubrik »Kalenderblatt« von der
närrischen Tat eines Erfinders die Rede, der sich vor einhun-
dertvier Jahren, am 4. Februar 1912, vom Eiffelturm gestürzt
hatte.

Ich kannte damals deinen Namen nicht. Auf der Webseite
wurde ein Video vorgeschlagen. Der Film war an jenem Tag
von Reportern des Pathé-Journals gedreht worden, das damals
die Kinosäle mit Wochenschaufilmen versorgte. Es war quasi
das erste Mal in der Geschichte, dass eine Kamera den Tod ei-
nes Menschen einfing.

Ich habe das Video angeklickt.

Und sah die Mütze, den Stuhl, den Dunst, die Staubwol-
ke.

Als es zu Ende war, habe ich es noch ein zweites und ein
drittes Mal angesehen.

Dieselbe Szene spielte sich wieder ab, wie eine Zeremonie, in der jede Bewegung festgelegt ist, beladen mit Sinn, aufgeladen von einem Magnetismus, der sie überstrahlt: Der Fuß auf der Brüstung, der vornübergebeugte Körper, das Zurückweichen, der große Sprung, alles lief auf die zweiundachtzigste Sekunde zu – der Moment, in dem du auf dem Boden aufschlägst.

Jedes Betrachten erzählte mir eine andere Geschichte. Du warst ein neuer Ikarus, der von den Göttern für seine Verwegenheit bestraft wird. Du wolltest sterben. Du starbst voll Hoffnung, bis zum Schluss verblendet von deinem Traum. Du warst ein Opfer: Wäre die Kamera nicht gewesen, so wärst du vielleicht wieder vom Stuhl gestiegen, hättest irgendwelche Entschuldigungen gestammelt und wärst nach Hause gegangen. Du warst ein Held: Du hast dich der Realität verweigert, du hast die Grenzen gesprengt.

Du warst all das. Du warst alles, was mich umtreibt. Die Erinnerung an hinabstürzende Körper. Die Selbstverständlichkeit der zweiundachtzigsten Sekunde, die eines Tages erlebt werden muss. Diese beunruhigende Wahrheit: Das Schwindelgefühl kommt nicht von der Angst zu fallen, sondern von dem Wunsch zu springen.

Du warst all die Albträume, die mich seit der Kindheit plagen: der Boden, der sich auftut, ein Schneebrett, das ins Rutschen kommt, eine Barriere, die nachgibt und mich mit sich reißt oder mir diejenigen entreißt, die ich liebe.

Maurice hörte als Erster die Nachricht von Emma Fernandez' Ankunft. Als er auf einem Botengang durch die Rue Richepanse kam, die eine Viertelstunde von der Rue Gaillon entfernt lag, weckte eine kleine Menschenansammlung seine Neugier. Er fragte nach und erfuhr, dass man im Viertel viel von ihr sprach. Es hieß, dass sie eine gute Stickerin sei und sich große Anerkennung erworben habe. Manche fänden sie distanziert, andere wieder schüchtern. Für eine Witwe sei sie noch ziemlich jung.

Während Franz Maurice zuhörte, öffnete er einen Schrank und nahm eine Bluse heraus, dann noch eine sowie ein altes Tischtuch.

»Du gehst jetzt noch mal dorthin. Bring ihr das und sag ihr, dass die Stickereien erneuert werden müssen. Frag sie, wie viel sie dafür verlangt, und gib ihr dann das Doppelte.«

Maurice kehrte eine halbe Stunde später zurück.

»Sie hat den Auftrag angenommen. Aber das Extrageld nicht.«

*

Der Tag neigte sich seinem Ende zu.

Louise war soeben gegangen. Alice wartete in einen Sessel gekauert auf ihre Rückkehr. Franz saß ihr gegenüber. Mit halb offenem Mund blätterte sie in dem alten Gedichtband. Hin und wieder leuchtete ihr Gesicht auf, wenn sie laut ein paar Wörter buchstabierte oder mit dem Finger die Umrisse einer Illustration nachfuhr, und gleich darauf sah sie wieder trübsinnig drein, als ob alles in ihr erlöschen würde.

Plötzlich wurde ihr Blick lebhafter. Mit stillem Erstaunen fasste sie etwas hinter Franz ins Auge. Er wandte sich um.

Eine Frau stand in der Tür.

Sie trug ein schwarzes, sehr schlichtes Wollkleid. Sie betrachtete *das Kleid* an der Puppe.

Franz hatte sie noch nie gesehen, doch er wusste sofort, wer sie war. Sie wiederum hatte noch nie von ihm gehört.

Er stand augenblicklich auf und ging auf sie zu. Sie reichte ihm ein Päckchen.

»Die Stickarbeiten«, sagte sie leise.

Da Franz nicht zu verstehen schien, fügte sie hinzu:

»Sie haben sie neulich bei mir bestellt. Durch Ihren Boten.«

Er schüttelte den Kopf, als wollte er sagen, dass dies alles nicht weiter wichtig sei.

»Kann ich für Sie irgendetwas tun?«

Emma hielt den Blick einige Sekunden lang fest auf ihn gerichtet und wandte sich dann Alice zu, die noch immer das Buch in Händen hielt. Schließlich murmelte sie:

»Alles ist gut.«

Dann, nach einer Pause:

»Alles wird gut. Entschuldigen Sie mich. Ich muss wieder gehen.«

Er hätte sie gern zurückgehalten, ihr gesagt, sie solle noch eine Weile bleiben, aber er fand nicht die richtigen Worte.

Als sie gegangen war, fiel ihm auf, dass er nicht über Antonio gesprochen hatte.

Ohne sich dessen bewusst zu sein, beugte er sich zur Fotografie, die er auf den kleinen runden Tisch am anderen Ende des Salons gestellt hatte.

*

Eine Woche war vergangen. Franz ging zum Square Louvois. Es hatte geregnet. Die Bäume glänzten.

Plötzlich blieb er stehen.

Da war sie, auf der anderen Straßenseite, und saß auf der Brunneneinfassung. Mit leicht zurückgelehntem Oberkörper ließ sie ihre Finger über die Wasseroberfläche gleiten. Vor ihr stand ein Kinderwagen. Sie trug dasselbe schwarze Kleid wie letztes Mal. Ihre offenen Haare fielen ihr in wilden Locken auf Stirn und Schultern.

Franz erwog umzukehren. Was sollte sie schon mit ihm anfangen? Er fürchtete, von oben herab behandelt zu werden – wegen seines linkischen Benehmens, seines fehlerhaften Französisch und seines starken Akzents. Und ihr sein Beileid auszusprechen hieße womöglich, ihr wehzutun.

Er näherte sich ihr trotzdem.

Er sagte ihr, dass sie ihn bestimmt wieder vergessen habe, aber sie hätten sich in seinem Atelier kennengelernt.

»Ich erinnere mich an Sie«, entgegnete sie, ohne eine Gefühlsregung zu zeigen, als wäre es ganz normal, dass sich ihre Wege in diesem Moment an diesem Ort kreuzten. »Ihre Tochter war auch da. Sie hat gelesen.«

Franz erklärte unbeholfen, gestikulierend und mit rotem Kopf, wer Alice war. Er selbst habe keine Kinder. Er sei auch nicht verheiratet. Während er sprach, wurde er von einer dumpfen Traurigkeit befallen.

Emma schien über etwas nachzudenken und beugte sich dann zum Kinderwagen.

»Das ist Rose. Sie ist bald sechs Monate alt.«

Der Säugling schlief. Seine kleinen Hände waren geöffnet, und sein Atem ging mit einem leichten Pfeifen.

»Ihr Mann …«, begann Franz.

Emma reagierte nicht.

Franz verspürte einen kalten Lufthauch. Große Regentropfen schlugen auf dem Boden auf.

*

Emma erhob sich abrupt. Franz bot ihr an, sie nach Hause zu begleiten. Sie war einverstanden.

Auf dem Weg sprach sie ein paar Worte. Zum ersten Mal habe sie sich bis hierher gewagt. Sie habe die Oper sehen wollen, sie auch ohne Probleme gefunden, aber dann habe sie sich verlaufen, bis sie sich zufällig auf dem Square Louvois wiedergefunden hätte. Franz bewahrte sie davor, sich ein weiteres Mal zu verirren.

Als sie in der Rue Richepanse ankamen, bedankte sie sich und verschwand mitsamt Kinderwagen im Hauseingang.

Franz rührte sich zunächst nicht, gegen seinen Willen festgehalten vor einer großen Schaufensterscheibe, an der langsam große Wasserperlen herabrollten. Er legte seine Stirn ans Fenster. Er sah graue Schatten vorüberziehen, die lange nebelhafte Kleidungsstücke mit sich schleppten. Goldene Lichtschimmer schienen auf ihrem Weg aufzuleuchten und wieder zu erlöschen.

Eine ganze Weile blieb er dort im Regen an Antonios ehemaliger Boutique stehen.

*

Rose wurde krank. Emma blieb einige Tage bei ihr, ohne das Zimmer zu verlassen. Franz wagte nicht, die Rue Richepanse noch einmal aufzusuchen. Als er mit Alice am Square Louvois war, fragte sie ihn, warum er sich nach allen Seiten umsehe. Wieder zu Hause, verweilte er immer wieder einige Zeit vor der Fotografie auf dem Beistelltisch.

Eines Abends machte er sich daran, Stoffreste vom Fußboden im Atelier aufzusammeln.

Er gestaltete aus ihnen Arme, Beine, ein kleines Gesicht, eine ganze ausgepolsterte Figur mit Haaren aus Wolle, dazu ein gepunktetes Kleid mit Spitzenkragen und -ärmeln. Dann tränkte er den Kopf und die Enden der Gliedmaßen in Tee, damit sie Hautfarbe annähmen, und nähte schließlich noch Augen, eine kleine Nase und einen lächelnden Mund.

Es war tatsächlich eine entzückende Puppe geworden. Ein wunderschönes Geschenk für Rose.

Franz schickte sich gerade zum Gehen an, als seine Schwester eintrat.

Er seufzte. Katarina mit ihren großen Schals, ihren Ringen und all ihren Macken tauchte stets unerwartet in der Rue Gaillon auf, breitete ihre Sachen um sich herum aus, ließ nichts an seinem Platz, als wollte sie ihre Duftmarke setzen, und machte ihm jedes Mal Vorwürfe oder erzählte ihm von Erbschaften, Renten und alten, kinderlosen Tanten. Sie hoffte sehr, dass ihr Bruder Junggeselle bliebe und sein bisschen Geld ihren beiden Söhnen vermachen würde.

Franz warf instinktiv ein Kleidungsstück auf die Puppe, die noch immer auf seinem Arbeitstisch lag.

»Was willst du?«

Katarina ließ sich nicht zu einer Antwort herab. Ganz wie er es von ihr gewohnt war, stöberte sie in allen Ecken herum und gab sich den Anschein, alles höchst belanglos zu finden. Er wusste indes nur allzu gut, dass sie ihn überwachte.

»Wer ist das?«

Katarina inspizierte das Beistelltischchen.

Franz biss sich auf die Lippen.

»Ein Freund.«

Sie hob den Kopf.

»Seit wann hast du Freunde?«

Er machte eine nichtssagende Geste.

»Ach so, ja, dein Freund, der Luftfahrer.«

Dem letzten Wort gab sie eine ironische Betonung.

»Ich hab gehört, dass du seine Witwe regelmäßig siehst. Du willst sie wohl trösten?«

Sie stieß ein kurzes Lachen hervor und fuhr mit dem Finger über ein Möbelstück, wobei sie voll Glückseligkeit entdeckte, dass eine Staubschicht darauf lag. Diese Louise sei doch wohl wirklich zu gar nichts nütze. Und wenn man an all die Zeit denke, die er dieser kleinen Zurückgebliebenen widme, dieser armen Göre, wie hieß sie doch gleich wieder?

»Alice. Sie heißt Alice.«

Franz hielt die Hände so fest zu Fäusten geballt, dass sich die Fingernägel in die Handflächen gruben, und gab die Antwort mit sanfter Stimme.

Lange Zeit wusste ich nichts von dir, außer deinem Namen.

Ich liebte es, mir dich vorzustellen, des Nachts, auf einem Balkon, die Augen zu den Sternen erhoben. Ich liebte diese stillen, langen Augenblicke, die ich damit verbrachte, dein Leben zu träumen, dein Geheimnis. Vor dem Video ließ ich mich überfluten von Bildern aus weiter Ferne, von Erinnerungen, in denen alte Mythen sich mit vertrauten Gesichtern vermengen, von Träumen, in denen alles in sich zusammenfällt.

Ich fragte mich, ob es irgendwo in Paris ein Grab mit deinem Namen gibt und ob ich es eines Tages finden könnte.

Eines Morgens begann ich die Artikel zu lesen, die dir die Zeitungen nach deinem Tod gewidmet haben. Sie sind allesamt digitalisiert. Sie nennen deine Adresse und dein Alter, zitieren Nachbarn und die Concierge aus deinem Haus. Sie beschreiben deine Gelassenheit und deine Hochstimmung, als es so weit war, dass du auf den Eiffelturm stiegst. Abgesehen von diesen Aussagen, Erklärungen und Interviews gibt es ein gutes Dutzend Fotos zu sehen.

Sie haben mich noch weitaus mehr angesprochen als die Wortflut. Und ich habe begonnen, sie zu sammeln. Ich habe sie ausgedruckt, geordnet und in ein großes graues Heft geklebt.

Und bald fiel mir auf, dass ich, wann immer ich das Heft aufschlug, stets beim selben Foto landete: dasjenige, auf dem du vor einer Scheune bist, in Joinville, das Gesicht von Stoff bedeckt, irgendwo zwischen Himmel und Erde.

Es war schon heiß.

Franz ging gedankenverloren seines Wegs.

Hinter ihm war Alice und drückte die Puppe an sich, die er ihr soeben geschenkt hatte. Eine entzückende Puppe mit einem gepunkteten Kleid. Er hatte davon abgesehen, sie Rose zu geben.

Sie hatten fast den Square Louvois erreicht, als eine Stimme nach ihnen rief. Es war Emma. Sie kam mit ihrem Kinderwagen auf sie zu. Ihre Augen waren ausgehöhlt vor Müdigkeit.

Franz erschauerte. Er verharrte schweigend. Alles, was er hätte sagen können, erschien ihm vergeblich, lächerlich und unangebracht. Alice betrachtete Emma mit verdrossener Miene. Sie hatte das Gefühl, dass man ihr Franz wegnahm. Einen Moment später brach sie in Gelächter aus, ganz gerührt vom Baby, das mit großen Augen um sich blickte.

Emma lächelte. Rose war krank gewesen, aber jetzt ging es ihr schon viel besser. Der Ladeninhaber hatte Emma einen Tag freigegeben. Sie wollte das schöne Wetter ausnützen.

Franz murmelte etwas. War es eine Bitte, eine Frage? Er hätte es selbst nicht sagen können. Emma nahm wie immer ihren Weg, und er begleitete sie. Alice ging zwei Schritte voraus, eine Hand auf den Kinderwagen gelegt.

Sie kamen zum Champ de Mars. Emma und Franz setzten sich auf eine Bank. Rose schlief ein. Alice lief dahin und dorthin, bis sie genug hatte, und drängelte sich zwischen die beiden Erwachsenen auf die Bank.

Sie sprachen wenig, gaben sich beide der Süße des Augenblicks hin.

Zuweilen glitt ein Schatten über Emmas Gesicht. Sie dachte an Nizza, den Groll ihrer Eltern, die Eisenbahnlinie unter dem Brückengeländer. Dann wieder kreuzte sie Franz' Blick, und sie sagte sich, dass noch niemand sie so angesehen hatte, ohne Verlangen und ohne Verachtung. Ein abwartender Blick. Ein Blick, der sagte: Sprich mit mir. Dann tauschten sie ein feines, kurzes, kaum wahrnehmbares Lächeln aus, wie zwei Jugendliche, die Vertrauen zueinander gewinnen.

»Man könnte es für Spitzenwerk halten«, sagte Franz und wies auf den Eiffelturm.

»Mir macht er Angst«, erwiderte Emma. »Er ist zu hoch. Und sinnlos.«

Ohne es vielleicht zu wissen, wiederholte Franz die Worte, die er vor nicht allzu langer Zeit am Square Louvois ausgesprochen hatte:

»Ihr Mann …«

»Alle sagen mir, er sei ein Held gewesen. Ich weiß nicht. Ich habe genug gelitten.«

Sie blickte zum Kinderwagen. Rose schlief noch immer. Emma suchte in ihren Gesichtszügen nach etwas, das sie an Antonio erinnerte.

»Entschuldigen Sie. Ich spreche nicht gern von ihm.«

Dann fügte sie hinzu, und es klang trauriger, als sie es beabsichtigt hatte:

»Ich denke, wir sollten zurückgehen.«

Als sie vor dem Haus in der Rue Richepanse standen, fasste Emma nach Franz' Hand und murmelte:

»Danke.«

Ihm schien, als hätte er an Emmas Augenlidern zwei kleine silbrige Lichtflecken aufleuchten sehen.

*

Als er wieder zu Hause war, spürte Franz ebenso rätselhafte wie beruhigende Erinnerungen in sich aufsteigen, wie Gebete, die man in der Kindheit lernt und von denen einem zuweilen ein Stück in den Sinn kommt.

Er sah seinen Freund wieder vor sich, wie er vor zehn Jahren im Hinterzimmer des Geschäfts, eine Zigarette im Mund, eine Hand in den Haaren, mit seiner tiefen, melodischen Stimme sprach und unvermittelt in sein typisches Gelächter ausbrach. Einige Wochen lang hatten sie alles miteinander geteilt, hatten einander ihr Leben und ihre Hoffnungen erzählt. Und selbst danach noch, als Antonio gegangen war, um sein eigenes Atelier zu eröffnen, waren sie oft zusammengetroffen, entweder bei einem der beiden zu Hause oder auf der Straße, im Café, und hatten sich vertrauter gefühlt als je zuvor. Erst ganz am Ende hatte sich alles geändert.

Franz schloss die Augen. Antonio war tot, abgestürzt. Aufgedunsenes Fleisch, zerpflügtes Gesicht, durchzogen von blasslila Rissen, irgendwo in einer Heidelandschaft.

Dann nahm er das Foto vom Beistelltisch, betrachtete es ein letztes Mal und ließ es in eine Schublade gleiten.

Auf dem Foto aus Joinville gibt es nicht nur diese Dächer zu se-
hen, nicht nur dieses Stoffstück, das dich verbirgt, diese Tür, auf
die dein Schatten fällt. Man sieht auch diese einfachen Gebäu-
de, notdürftig geflickte Mauern, diese Bretter, alles, was nach
Bauernhof aussieht. Als ob ich es wiedererkennen würde. Es
führt mich weit fort von Joinville, weg von der Rue Gaillon,
und auf einmal sehe ich wieder ein großes, leeres Haus vor mir,
das aus einer weiter zurückliegenden Vergangenheit stammt,
mit Zimmern, die man nicht betreten durfte, mit Anbauten
voller Wespennester und einer alten, abgeschlossenen Scheune,
wo sich Holzstücke, Ziegelsteine und Werkzeuge aus einer an-
deren Zeit stapelten. Weiter weg von der Scheune, hinter einer
Tür, die fast zu Staub zerfiel, ein langgezogener Streifen Land
mit Hühnern, Katzen und einem Walnussbaum. Im Haus
saß meine Großmutter auf einem Stuhl in der Küche oder im
Wohnzimmer, niemals woanders, und erwartete unseren Be-
such.

In der Küche, über der Spüle, ein Wandregal mit Gläsern
und auf dem Regal ein Flakon Rasierwasser, der dort seit mehr
als zwanzig Jahren unberührt stand. Dieser Flakon faszinierte

mich. Er war eine der wenigen Spuren, die von dem Mann geblieben waren, den ich nie kennengelernt hatte, meinem Großvater – nebst einem Stapel Fotos, die ihn erst jung, schneidig, mit Haarmähne zeigten, dann plötzlich dick, mit schütterem Haar, wässrigen Augen, geröteten Wangen, ein Glas Wein in der Hand.

Er stammte vom äußersten Rand Deutschlands, aus Ostpreußen – eine vergangene Welt, so etwas wie das alte Böhmen. Der Krieg hatte ihn ins Elsass verschlagen. Mit siebzehn war er Soldat geworden, dann in Gefangenschaft geraten und schließlich, als er 1945 als Zwangsarbeiter ins Elsass beordert wurde, war er dort geblieben und hatte geheiratet. Er war mal hier, mal da beschäftigt, als Gärtner, Fabrikarbeiter oder Holzfäller; auf manchen Fotos steht er vor einem mit Baumstämmen beladenen Lastwagen.

Über seinen Vornamen musste ich schmunzeln: Helmuth. Er sprach eine eigene Sprache, die aus viel Deutsch, ein wenig Elsässisch und nur so vielen französischen Wörtern bestand, dass er sich verständlich machen konnte. Im Dorf bedachte man ihn mit misstrauischen Blicken: Er kam von zu weit her, kam von der falschen Seite der Geschichte.

Er sang gern. Es war vielleicht sein Versuch, akzeptiert zu werden. Im Café, auf dem Platz zwischen der Kirche und dem Rathaus – es dauerte nie lange, bis er begann, vor sich hin zu trällern. Er hob sein Glas in die Höhe, stieß ein schallendes Gelächter aus und stimmte ein bekanntes Lied an. Die Leute rückten näher. Es schien ein Erlebnis zu sein, ihm zuzuhören, wie er alte Lieder misshandelte, von denen er stets nur die ersten Worte wiederholte, weil er sich den Rest nicht gemerkt hatte.

Wenn er nach Hause zurückkam, in das große Haus, wo ihn die Familie erwartete, wurde er nahezu stumm.

Niemals verlor er ein Wort über den Krieg, über Deutschland oder über seine Kindheit in dem Haus, das die sowjetische Armee dem Erdboden gleichgemacht hatte.

Etwa zu dieser Zeit starben mehrere Luftfahrer Schlag auf Schlag. Zuerst ein junger Offizier in Antibes, dessen Doppeldecker im Meer versank; am selben Tag in Pau ein Mechaniker, der von einem explodierenden Motor getötet wurde; eine Nacht später in Le Mans ein Pilot, der von einem Metallsplitter verletzt wurde und verblutete, weil er sich nicht aus seinem Flugapparat befreien konnte.

Die Zeitungen machten daraus fette Schlagzeilen. Mit jedem Artikel würdigte man die tapferen Pioniere, die sich so große Verdienste um ihr Heimatland erworben hatten. Man schrieb, dass sie auf dem Feld der Ehre des Fortschritts gefallen seien. Eine oder zwei Zeilen widmete man den Witwen und Kindern. Und in der Spalte daneben ging es um die Hitzewelle, ein Haarwasser oder die Wahlen.

In jenen Tagen schwieg Emma über Stunden hinweg, und dann brachen plötzlich Sätze über sie herein, ein Zuruf, das Bedürfnis zu reden. Sie schlug ein Heft auf und warf ungeordnete Worte aufs Papier, Worte über geschmolzenes Metall, Morast und geschundene, gemarterte Körper.

Wenn sie danach, etwas zur Ruhe gekommen, das Heft abermals aufschlug, las sie darin voll Verwunderung neben dem Namen ihres Mannes den Namen Franz.

*

Franz lehnte sich ans Balkongeländer.

Er sann über die Tage nach, die vergingen, ohne dass er etwas zuwege brachte. Er sann über seine alternde Mutter nach, die in Wegstädtl mit gefalteten Händen neben dem Ofen saß, das Ende ihres langen Rocks auf dem kalten Fliesenboden. Er sann über Alice nach, die er hinter sich im Salon trällern hörte, und über das merkwürdige Geräusch, das sie seit mehreren Wochen beim Atmen von sich gab.

Ihm stand ein einsamer Abend bevor.

Alice und Louise würden bald aufbrechen. Maurice war bereits gegangen. Nicht, dass er ihm viel zu sagen gehabt hätte, aber er hätte ihm gern ein wenig zugehört, trotz seiner rauen Stimme, seiner Grobheit und seiner abrupten Gesten, die ihm stets ein wenig Unbehagen bereiteten.

Aber vor allem hätte er gern Emma zu Besuch gehabt. Emma ... o ja, die Einsamkeit an diesem Abend würde er nur schwer ertragen.

Als er wieder in den Salon ging, fiel sein Blick zuerst auf *das Kleid*. Dann sah er Alice, die schlaff im Sessel saß und im Gedichtband blätterte. Sie spürte seinen Blick und lächelte ihn an. Eine längere Stille trat ein, nur hie und da unterbrochen von Kinderstimmen, die von der Straße hereindrangen. Franz lächelte seinerseits.

Louise war ebenfalls da und wirkte beunruhigt. Mit abwesendem Blick überflog sie die Zeitung vom Vortag. Es war zweifellos Maurice, der sie dort liegen gelassen hatte, die Sportberichte aufgeschlagen. Franz las keine Zeitungen mehr.

Louise fuhr überrascht zusammen. Franz kam näher. Sie zögerte einen Moment und reichte ihm dann die Zeitung. Sie war auf den Namen Antonio gestoßen.

Die Märtyrer der Luftfahrt. So war der Artikel überschrieben. Bereits sieben Tote dieses Jahr gegenüber dreien im Vorjahr und nur einem im Jahr 1908. Die Sicherheit der Flieger wurde zu einer nationalen Angelegenheit. Die Ligue aérienne und der Aéro-Club de France schlossen sich der Initiative eines Mäzens an, der dem Erfinder eines Fallschirms für Luftfahrer fünftausend Francs bot. Ein Preis wurde ausgelobt, der Prix Lalance. Die Gerätschaft sollte weniger als fünfundzwanzig Kilo wiegen und sich bei Bedarf sofort öffnen. Der Wettbewerb stand allen offen.

»Fünftausend Francs«, wiederholte Franz.

*

Als Louise am nächsten Morgen kam, traf sie ihn über seinen Ateliertisch gebeugt an, wie benommen und doch glücklich. Sie wagte nichts zu sagen.

Er hatte ein Heft in der Hand, das er mit Kreisen, Kreisabschnitten und Umrissen gefüllt hatte, ungeschickt wie ein Schüler, der voll Verzückung einen Kompass in Händen hält und seine erste Windrose zeichnet.

Er hatte die ganze Nacht nicht geschlafen.

Er sagte Louise, dass sie sich den Tag freinehmen könne; er würde heute keine Kunden empfangen.

Als er wieder allein war, machte er sich ans Werk und ließ alles außer Acht, was er jemals gelernt hatte, den richtigen Winkel, in dem man die Schere hielt, überhaupt die elementaren Techniken, er tastete sich voran, überließ seinem Instinkt den Stoff, von dem er fühlte, wie er unter seinen Fingern erbebte, sich fügte und die Gestalt eines Wunschtraums annahm. Es war eine beruhigende Liebkosung, Pflaster für die Wunden.

Am Abend hatte er eine Art Umhang vor sich, der an den Fußknöcheln und Schultern mit Schlaufen befestigt wurde.

Er hielt ihn an sich gedrückt, als er im Salonsessel einschlief.

*

Am nächsten Tag suchte er René Quinton von der Ligue aérienne de France auf.

Er erntete Kopfschütteln. Der Umhang biete keinerlei Stabilität. Der Schwerpunkt müsse unten liegen, sehr weit unten, wie der Griff eines Regenschirms im Verhältnis zu seiner Bespannung.

Keine Chance auf den Preis.

Er ging zu Gaston Hervieu vom Aéro-Club.

Hervieu lächelte höflich. Das Tuch habe lächerliche Ausmaße: ganze vier Quadratmeter – wo es doch mindestens sechzig brauche, um einen durchschnittlich schweren Menschen zu tragen.

Keine Chance auf den Preis.

Franz lauschte andächtig. Er schien zu verstehen.

Doch die Worte glitten von ihm ab. Er brauchte keine Wissenschaft, keine Technik, kein Fachwissen. Der Wille, der Wunsch würden genügen. Er würde einen Fallschirm erfinden. Er würde Versuche anstellen, erfolgreiche Versuche, und ein Patent anmelden. Er würde die fünftausend Francs kassieren. Fabriken würden seinen Fallschirm herstellen.

Und all das würde er Emma schenken.

Er würde ihr ein neues Leben auf den Leib schneidern.

*

Franz begann von Neuem wie elektrisiert seine Berechnungen und Zeichnungen, verwarf den Umhang mit den Schlaufen wieder, dachte eine Zeit lang über große, zusammenfaltbare Flügel am Rücken nach und entschied sich endlich für das, was er einen *costume-parachute* nannte, einen

Anzug-Fallschirm. Der Luftfahrer würde den Fallschirm direkt am Leib tragen, fest vernäht mit einem Overall, den er sich über seine Kleidung ziehen würde. Nun musste nur noch eine Lösung gefunden werden, die Segelfläche zusammenzufalten und sicherzustellen, dass sie sich beim Sturz öffnen könne. Franz biss sich an diesem Problem fest.

Tag für Tag sah man ihn durch Paris laufen, um von da und dort Meinungen einzuholen oder mit Lieferanten zu palavern. Die Nadeln brachen ab, die Fäden waren nie fest oder lang genug, der Stoff nicht dicht genug.

Ganze Ballen von Seide waren vonnöten, rare und widerstandsfähige Materialien, Kautschuk. Die Ausgabenliste in Franz' Rechnungsbuch wurde länger und länger.

Manche Kunden begannen sich über ihn zu beschweren. Er führte ihre Aufträge mit Verspätung aus. Er war nicht mehr so zuverlässig wie früher. Wenn man mit ihm sprach, schien er woanders zu sein, innerlich mit etwas anderem beschäftigt, geistesabwesend. Er hatte ein merkwürdiges Leuchten in den Augen.

Eines Abends schnitt er sich in den Finger. Louise sah ihn zum ersten Mal wütend. Er wollte allein sein. Wenn die Nachbarn auf der Straße seinen Weg kreuzten und ihn hastig vorübergehen sahen, die Hosentaschen nach außen gestülpt, den Kragen nicht geknöpft, fingen sie an zu tuscheln.

Er aber fühlte sich belebt von einem Auftrieb, einer Freude, wie er sie noch nie erlebt hatte.

Eines Morgens erfuhr er von Louise, dass Maurice gegangen war, um bei einem anderen Schneider zu arbeiten. Als sie ihn ansah, lächelte er nur entschuldigend. Das Glück erklärt sich nicht.

Es geschah an einem Tag des Jahres 1977, in der Stadt im Elsass, in der ich aufwuchs.

Das Mietshaus, in dem meine Eltern damals wohnten, lag an einer kleinen Straße. Sie hatten soeben ein Kind bekommen, meinen älteren Bruder. Mein Großvater war bei ihnen zu Besuch. Meine Mutter war auf dem Balkon. Sie hatte ihre Nähmaschine rausgestellt, um in der Sonne zu arbeiten.

Irgendwann ist mein Großvater auf den Balkon hinausgegangen. Wir sprechen niemals darüber. Ich weiß nicht, was genau passiert ist. Ich habe nie erfahren, ob es im ersten, zweiten oder dritten Stock war. Als ich jünger war, habe ich mich dort öfter herumgetrieben und die Fenster gezählt, von unten nach oben, dann von oben nach unten. Ich wusste nicht, wie ich mir die Szene vorstellen sollte. Hatte er sich ans Balkongeländer gelehnt? Hatte er sich vornübergebeugt aufgestützt? Hatte er in den Himmel geblickt? War der Hund an ihm hochgesprungen? Wie es auch immer gewesen ist – das Geländer hat unter seinem Gewicht nachgegeben. Er ist im Krankenhaus gestorben, noch am selben Tag, glaube ich. Er war zweiundfünfzig Jahre alt.

Meine Eltern konnten nichts tun. Es geht ihnen wie den zwei Männern auf der Plattform des Eiffelturms, die dich fallen sahen: Sie leben damit.

Ich habe keine Erinnerung daran, wann und wie ich von dieser Geschichte erfahren habe. Aber ich weiß, dass ihr meine Albträume entspringen – meine Albträume von nachgebenden Planken, einstürzenden Wänden, von Spalten, die sich plötzlich in eisigem Grund auftun.

Die Flugmaschinen steigen auf, die Flugmaschinen stürzen ab. Die Nacht bricht an, die Sterne funkeln kaum schwächer, ein Tag vergeht, und ein weiterer Narr tritt die Nachfolge an.

Franz steht am Fenster. Er betrachtet den Himmel. Er träumt nicht von Größe, vom Höhenflug, vom Ruhm. Er überlässt anderen die Träume. Er möchte geliebt werden. Er möchte Gutes tun. Der Welt etwas schenken, die sein Freund Antonio für immer verlassen hat.

Louise klopft sacht an die Salontür. Es ist schon so weit. Sie kommt, um sich zu verabschieden und einen angenehmen Abend zu wünschen. Franz wendet sich um und lächelt ihr zu. Ja, einen schönen Abend noch. Er sagt es auf Französisch, nicht auf Deutsch. Allmählich glaubt er daran, in seinem neuen Land aufgenommen zu sein. Die französische Armee würde Reichelt-Fallschirme bestellen. Er würde seinen Beitrag zur Gestaltung der Zukunft leisten.

All dies für Emma.

Sie könnte ihr kleines Zimmer verlassen. Sie würden

reisen. Aber vorher käme noch der Tag, der Augenblick, zu dem ihn all seine Gedanken ziehen: Er würde mit seiner Erfindung im Arm vor sie treten.

Er würde sagen: Schau, was ich gemacht habe.

*

Die Tür wird geöffnet. Emma tritt ein. Sie lächelt.

Franz wird unsicher.

Er fühlt sich plötzlich beschämt, dass er sich mehrere Tage von ihr ferngehalten hat.

Er bietet ihr einen Stuhl an, reicht ihr eine Tasse Kaffee. Sie nimmt sie in beide Hände, als wäre ihr kalt. Sie zieht ihre Beine unter den Stuhl, neigt ihren Oberkörper vor und deutet auf die Ankleidepuppe. Sie sagt etwas, das er nicht versteht.

Sie wiederholt ihre Worte: »Es ist wirklich prachtvoll, das graue Kleid.«

Franz entgegnet: »Das ist schon lange her.«

Er ist kurz davor zu reden. Der Fallschirm ist da, gleich nebenan, auf dem Bett. Er müsste nur aufstehen und ihn holen. Ihr alles erklären. Sie wäre glücklich.

Sie schaut ihn an. Einladend, strahlend. Erwartungsvoll.

Er schweigt.

Noch ist es zu früh. Sie wäre glücklich.

Sie bedankt sich für den Kaffee. Es ist an der Zeit, Rose von der Amme abzuholen.

Sie blickt ihn ein letztes Mal an. Hofft womöglich, dass er bestimmte Worte ausspricht.

*

Dann ist Emma gegangen. Franz betritt das Zimmer, packt sorgfältig seinen Anzug-Fallschirm in eine Tasche und verlässt das Haus.

Er begibt sich zum staatlichen Patentamt.

Der Mann am Schalter händigt ihm ein Formular aus. Franz muss die Erfindung beschreiben. Doch die Worte dafür findet er nur auf Deutsch. Er stottert zahlreiche Entschuldigungen hervor und sagt, er werde ein andermal wiederkommen. Kurz zieht er in Betracht, Emma um Hilfe zu bitten, verscheucht den Gedanken aber wieder; er wird mit ihr erst sprechen, wenn alles geregelt ist.

Er kehrt in die Rue Gaillon zurück. Louise spricht kaum besser Französisch als er. Eine Kundin erklärt sich bereit, ihnen zu helfen. Franz sucht nach Worten und findet sie schließlich: »Der Anzug, Gegenstand der Erfindung, hat die Fledermaus zum Vorbild.« Er zögert, bittet um Verzeihung, fährt fort: »Im Falle eines Unfalls muss der Luftfahrer nur die Arme und Beine ausbreiten.« Die Kundin schreibt nach seinem Diktat.

Franz spricht von Neuem am Schalter vor. Am Kopf des Formulars schreibt er in großen, akkuraten Buchstaben »Anzug-Fallschirm für Luftfahrer«.

Es ist getan.

Er ist Erfinder.

Er unterschreibt mit *François* Reichelt.

Der Mann nimmt das Papier entgegen und unterstreicht mit der Feder die Nennung der Staatsangehörigkeit: »österreichisch«.

Nach einigen Monaten wurdest du ein Weggefährte für mich. Ich versuchte mir deine Stimme vorzustellen, deinen rauen Akzent, dein Zögern beim Sprechen. Ich stellte mich in Gedanken dort hinauf, siebenundfünfzig Meter über den Erdboden, so nahe daran, zu fallen, und noch in der Lage, mich zurücksacken zu lassen. Immer wieder ließ ich das Video laufen oder blätterte die Seiten des großen grauen Hefts um, bei jedem Foto auf der Suche nach einem Detail, das ich möglicherweise übersehen hatte, und es war, als sähe ich den Albträumen meiner Kindheit ins Gesicht.

Ich stellte mir ein Buch vor, das deine Geschichte erzählen würde und darüber hinaus die Geschichte einer weit zurückliegenden Epoche mitsamt ihrer Gutgläubigkeit, ihrem Vertrauen in die Versprechen des Fortschritts, ihrer neuen Leidenschaft für diese Spielzeuge, die in den Himmel geschickt wurden.

Man würde deinem Weg von Wegstädtl bis zum Champ de Mars folgen. Du würdest eine Zeitung in der Hand halten, Briefe schreiben und den Menschen um dich herum von deinem Wunschtraum erzählen. Du würdest »ich« sagen. Mir gefiel diese Idee, dir das Wort zu erteilen. Im Video kann man

*dich nicht hören. Der Film bewahrt dein Gesicht, dein Ausse-
hen, dein Lächeln, die Zuversicht, mit der du dich vor der Kamera präsentierst, selbst die Angst, als dein Körper sich über der
Leere aufbäumt, doch er verdammt dich zum Schweigen.*

*Ich habe es einige Male versucht. Ich habe viel Zeit bedrückt
an meinem Schreibtisch verbracht. Ich habe Pläne entworfen.*

Ich habe aufgegeben.

Franz richtete sich auf und stützte sich auf den Ellbogen, um sie besser ansehen zu können. Emma hatte die Augen geschlossen. Sie wirkte so verwundbar und zugleich so heiter, dass es ihn völlig durcheinanderbrachte.

Es gab keine Ängste mehr, keine Gewissheiten. Alles war ins Wanken geraten. Es blieben nur die Wärme einer Umarmung und eine offenkundige Anwesenheit: der an ihn geschmiegte nackte Rücken und das Gesicht, dem Licht des anbrechenden Tages zugewandt, das durch die Vorhänge drang. Franz wusste fast nichts von ihr. Ihre Gedanken und Hoffnungen blieben Geheimnisse. Aber sie war hier, hier bei ihm; er spürte ihren leichten Atem, und das war wundervoll.

Worte, ganze Fragen kamen ihm in den Sinn und erstarben ihm im Mund. Er hatte zu viel Angst, diesen Moment zu zerstören – die Empfindung, den ersten Tag der Welt zu erleben und die Schöpfung noch vor sich zu haben.

Seine Hand folgte den Falten des Bettlakens, das sie über ihrer Brust zusammengezogen hatte. Er suchte in seinem Gedächtnis die Worte und Gesten, die sie am gestrigen Abend zueinandergeführt hatten. Alles hatte so einfach und selbstverständlich gewirkt.

Der Abend war angebrochen. Franz hatte eben seine Post geöffnet. In einem der Briefe breiteten sich die Worte »République française« in Großbuchstaben aus. Man teilte ihm mit, dass dem Antrag, den er im Sommer gestellt hatte, drei Wochen später stattgegeben worden sei, am 29. September 1910. Er war nun Inhaber eines Patents auf einen Anzug-Fallschirm für Luftfahrer.

Da war er hinausgegangen, war lang durch die Straßen gelaufen, dann die Quais entlang, getrieben von Angst und Freude, hatte schließlich mal diese, mal jene Richtung eingeschlagen und sich in den kleinen Gassen verloren. Es wurde bereits Nacht, als er sich vor dem Mietshaus wiederfand, in dem Emma wohnte.

Sie hatten sich unterhalten. Sie hatten gelacht. Dann hatten sie sich nach und nach weit fort von der Hässlichkeit der Welt tragen lassen.

Emma wandte sich ihm zu. Ihre dunklen Augenringe gaben ihren großen schwarzen Augen einen schmerzlichen Ausdruck. Sie lächelte.

Franz erschauerte. Ihn überfiel der Eindruck, auf Emmas Gesicht, ihren geschlossenen Augenlidern, ihrem ganzen Leib zeichne sich der riesenhafte Schatten der Vergangenheit ab: die Liebkosungen, die ein anderer ihr gegeben hatte, und das Gedenken an die Toten.

»Es tut mir sehr leid«, stammelte er und senkte seinen Kopf in ihr Haar.

Emma verstand nicht, konnte nur ein Gemurmel vernehmen. Schon halb im Schlaf nahm sie seine Hand und führte sie an ihre Lippen.

*

Als er erwachte, war sie bereits aufgestanden und angezogen. Sie gab Rose zu essen. Ihr Gesicht erstrahlte in ungetrübter Freude.

Franz trat auf sie zu und sagte mit kaum vernehmbarer Stimme:

»Ich hab etwas für dich. Gib mir nur noch ein oder zwei Tage.«

*

Er ging, ohne den Wind zu spüren, der durch die Straßen blies, und ohne etwas von der Stadt zu sehen, die rings um ihn erwachte. Er sann über die letzten Anpassungen nach, die an seinem geheimen Werk noch vorzunehmen waren.

Es gab nur eine Lösung.

Louise hatte keine Verwandten in der Umgebung. Maurice gab kein Lebenszeichen mehr von sich. Die Kunden? Das konnte er von ihnen nicht verlangen.

Nach kurzem Zögern begab sich Franz zu Katarina. Der Gedanke gefiel ihm nicht, aber er hatte keine andere Wahl: Wenn er einen Ort finden wollte, an dem er seine Erfindung ausprobieren konnte, musste er sich an sie wenden. Ihr Mann besaß in Joinville ein altes Gehöft, wo sie die Sonntage verbrachten. Franz war einmal dort gewesen. Er erinnerte sich daran, dass es dort eine Scheune gab und einen Stall, von denen er hinunterspringen könnte.

Katarina zeigte sich zunächst abgeneigt. Doch als ihr Bruder von seinem Patent erzählte, sah sie ihn plötzlich mit anderen Augen.

Und es gab diesen Preis: fünftausend Francs.

Eine Stunde später saßen sie in der Straßenbahn nach Joinville. Katarina war es noch gelungen, einen Fotografen davon zu überzeugen, sie zu begleiten.

»Das kann später noch von Nutzen sein. Für die Zeitungen.«

*

Er steht auf dem Dach. Die Ziegelsteine schimmern im Licht. Seine Beine stecken in einem feinen kautschukartigen Gewebe. Er breitet die Arme aus; das Kleidungsstück spannt sich an. Er beugt sich vor.

Der Ort ist ganz wunderbar. Ein wiedergefundenes Kindheitsparadies, ein Platz, an dem man von der Welt nichts als Himmel und Blumen sieht.

Noch nie ist die Luft so klar gewesen. Franz glaubt, den Duft von Hopfen wahrzunehmen. Eine Glocke aus Stoff verdeckt sein Gesicht.

Als er sich wieder erhebt, ein wenig durchgerüttelt, aber ansonsten unversehrt, strahlt er vor Freude.

Er hat es geschafft.

Er ist gesprungen, und er hat gesiegt.

*

Er zog seinen Anzug wieder aus und wollte nach Paris zurückfahren. Katarina hielt ihn auf und überhäufte ihn mit Fragen. Welche Bedingungen man erfüllen müsse, um den Prix Lalance zuerkannt zu bekommen? Wer die anderen Teilnehmer seien?

Franz wusste es nicht.

»Fünftausend Francs!«, sagte Katarina noch einmal staunend.

»Ja«, bestätigte Franz, »fünftausend Francs.« Aber es gehe um noch viel mehr, um den Erfolg, den Ruhm und um das Leben der Luftfahrer, die dank ihm gerettet würden. Und außerdem denke er auch an Geschenke für Louise und Alice und natürlich für Emma.

Katarina verzog das Gesicht.

»Allerdings ist so eine Scheune nicht allzu hoch.«

*

Der Nachmittag neigte sich seinem Ende zu, als Franz Joinville verließ. Um ihn herum in der Straßenbahn nur abgetragene Mützen, verschlossene Gesichter, Müdigkeit und Verdrossenheit. Er hingegen strahlte. Eine überschwängliche Liebe riss ihn mit sich, zu anderen Menschen, zur ganzen Welt, selbst zu den dürren Bäumen und den grauen Fassaden, die an den Fenstern vorbeizogen. Dieser Novembertag hielt all seine Versprechen. Er fühlte sich wie neugeboren.

Zu seinen Füßen lag der Fallschirm sorgfältig zusammengefaltet in einem Koffer.

Er hatte es geschafft. Katarina hatte schon recht, die Scheune war nicht allzu hoch, es hieß von Neuem anfangen, die Versuche weiterverfolgen. Aber er hatte es geschafft. Von nun an würde alles anders.

Er sah auf die Uhr. Er würde bald da sein.

Er würde Emma noch näher kommen.

Würde ihr alles offenbaren.

Und während er an sie dachte, erlebte er noch einmal den Moment, dieses absolute Preisgegebensein, diesen Augenblick, der keinem anderen gleichkam, in dem er sich auf halbem Wege zwischen Himmel und Erde gefühlt hatte.

*

Als er aus dem Bahnhof trat, sah er wieder auf die Uhr. Emma war noch im Geschäft. Er musste ein oder zwei Stunden abwarten. Sie hatte ihn gebeten, nicht tagsüber vorbeizuschauen; vor einigen Tagen war es ihr so vorgekommen, als hätte eine Dame aus der Nachbarschaft mit dem Finger auf sie gezeigt. Sie fürchtete Gerede.

Franz ging nach Hause. Als er eintrat, stürzte Louise ihm entgegen. Wie der Versuch verlaufen sei? Franz brauchte nicht zu antworten. Seine Freude, sein Vergnügen waren ihm so deutlich anzusehen, dass Louise spontan Beifall klatschte. Auch Alice näherte sich mit unsicheren Schritten: Sie hielt eine Flasche Champagner in den Armen, die zu schwer für sie war.

»Das wäre doch nicht nötig gewesen«, brachte Franz mit bewegter Stimme hervor.

Er stellte den Koffer ab, zog seinen Mantel aus und entkorkte die Flasche.

Eine Weile später, als sie alle im Salon saßen, beugte er sich zu Alice und sagte:

»Gib mir den Korken, der da auf dem Tisch liegt.«

Er ging ins Zimmer nebenan und kam mit Nadel und Faden wieder.

»Du nimmst ein Taschentuch und machst vier Löcher rein, da, an den Ecken. Dann führst du den Faden durch, so, nimmst den Korken und machst einen Knoten. Wenn du ihn in die Luft wirfst, wird er ganz langsam wieder runterkommen. Schau!«

Das kleine Mädchen riss Franz entzückt das Spielzeug aus den Händen. Sie warf es Dutzende Male durchs Zimmer, ohne dass sie es leid wurde, und lachte immer wieder laut auf.

*

Franz blickte auf die Wanduhr und sagte zu Alice und Louise, dass es jetzt an der Zeit sei. Die beiden machten sich auf den Weg. Er ging in den Hinterhof hinunter, blickte nach links und rechts, als wollte er Entfernungen abschätzen, rückte ein paar Blumentöpfe beiseite und verschwand wieder.

Als Emma ihn im Geschäft in der Rue Richepanse keuchend, mit wirrem Haar und losem Kragen auftauchen sah, dachte sie, ihm sei ein Unglück zugestoßen. Sie bat die Kundin, mit der sie gerade beschäftigt war, einen Augenblick zu warten, und eilte ihm entgegen.

Zuerst begriff sie nicht. Er sprach schnell und in schlechtem Französisch. Er riss sich zusammen, holte Atem und setzte noch einmal neu an. Es gebe Neuigkeiten. Nein, nichts Schlimmes, aber es sei wichtig. Sie müsse in die Rue Gaillon mitkommen.

Ob das nicht warten könne? Ihr Arbeitstag sei noch

nicht zu Ende. Und es warte jemand auf sie, fügte sie vorwurfsvoll hinzu.

Franz blickte sie flehentlich an.

»Gib mir noch eine halbe Stunde«, sagte sie schließlich. »Dann komme ich.«

*

Sie saßen einander gegenüber. Eine unbestimmte Furcht überkam Emma. Franz schien ihr nicht so zartfühlend wie sonst zu sein. Als sie, noch immer ganz perplex, bei ihm eingetroffen war, hatte er sie kaum angesehen.

Sie nahm seine Hand, um ihn zum Reden zu ermuntern. So verharrten sie einige Augenblicke in Schweigen.

Franz holte tief Luft, dann legte er los.

Er enthüllte alles zugleich.

Eine Flut von Worten. Tragfläche, Haltegurte, Luftwiderstand, Luftfahrer, Kautschuk, fünftausend Francs. Antonio. Antonio, sein Freund.

Emma verstand nicht gleich. Dann spannte sie sich an. Ein Schmerz stieg allmählich in ihr hoch. Antonio?

Franz hatte Antonio gekannt und ihr nichts davon gesagt.

Verwirrt von ihrem Schweigen fügte Franz hinzu:

»Ich habe ein Patent.«

Sie wiederholte mit tonloser Stimme:

»Ein Patent.«

Antonio hatte ihr ebenfalls von Patenten erzählt. Wenn er überhaupt einmal mit ihr sprach und nicht außer Haus war. Wenn er nicht in seiner Werkstatt war, fern von ihr. Sie erinnerte sich an den Tag, an dem sie ihn angefleht hatte, nach der Entbindung an ihrer Seite zu bleiben.

Betroffen wandte sie den Kopf ab. Eine große Kälte überkam sie. Ein Fallschirm, Luftfahrer, Flugmaschinen. Die Worte hallten ins Leere und verloren ihren Sinn. Der Albtraum begann von Neuem.

Hörte das denn niemals auf? Antonio – die Kluft, die seine Werkstatt zwischen ihr und ihm gerissen hatte, seine Motoren, seine ölverschmierten Hände, die Gehässigkeiten, das Schweigen, die Flugschauen, seine Abwesenheit und sein Egoismus. Sein absurder, idiotischer, kindischer Tod. Er hatte sein Leben sinnlos auf einem Altar geopfert. Und nun schickte sich Franz an, sich ebenso zu opfern.

Fast hätte sie geweint. Dieser Fallschirm holte die Vergangenheit ins Jetzt und sagte ihr: Du bist die ewige Witwe. Nein, er liebte sie nicht, konnte sie nicht lieben. Er liebte an ihr nur das, was zu Antonio gehörte.

Sie hatte gute Lust, einfach aufzustehen und davonzulaufen. Erklärungen wären sinnlos. Er würde sie nicht verstehen.

Sie starrte ihn an. Er lächelte, blind für das, was sie umtrieb.

Da empfand sie Mitleid mit ihm. Armer Franz. Er meinte es gut. Ein Fallschirm. Das war seine Art der Liebeserklärung. Unbeholfen, grausam und aufrichtig.

Sie verbarg ihr Unbehagen und zwang sich zu einem Lächeln.

»Danke.«

*

Seit sie dieses Wort gesagt hat, schwebt Franz zwischen Himmel und Erde. Auf diesen Augenblick hat er monatelang gewartet. Den Moment seiner Opfergabe.

Emma erhebt sich. Sie steht kurz davor, ihren Haarknoten zu lösen. Sie lächelt. Sie ist schön. Er hat ihr Herz berührt, das spürt er.

Er nimmt sie an der Hand und zieht sie mit sich ans andere Ende des Salons. Er zeigt ihr einen geöffneten Koffer auf dem Parkettboden. Da ist er. Da ist er, der Anzug-Fallschirm. Genau der, mit dem er vor einigen Stunden vom Scheunendach gesprungen ist.

Wortlos streicht Emma mit der Hand über den Stoff.

»Und jetzt«, sagt Franz, »schau her.«

Er öffnet einen Schrank und holt eine Puppe heraus. Er zieht ihr den Anzug an. Er führt Emma ans Küchenfenster und verschwindet dann im Zimmer. Dort öffnet er das Fenster und wirft die Puppe hinaus.

Man hört ein dumpfes Geräusch.

Der Fallschirm hat sich um die Puppe gewickelt und kein Stück entfaltet.

Als Franz wieder hochkommt, trägt er die kaputte Puppe auf dem Rücken. Seine Kleidung ist beschmutzt. Er spricht schnell und verhaspelt sich:

»Da ist ein Windstoß gekommen. Ich versuch's noch einmal von der fünften Etage. Die Nachbarn werden das schon verstehen. Dann wird der Fallschirm mehr Zeit haben, um sich zu öffnen.«

Emma zittert. Etwas hindert sie daran, auch nur ein Wort zu sagen.

Sie kehrt ans Fenster zurück. Der Tag geht zu Ende; kalter Dunst steigt vom Boden auf.

Wieder sieht sie eine dunkle Masse in sich zusammenfallen. Sie hört ein Krachen, schlagende Türen. Franz kauert eine Weile im Hof, den Rücken gegen die feuchte Mauer gedrückt, schwarze Finger, das Gesicht zum Himmel gewandt.

Als er wieder hochkommt, wirkt er wie ein Verrückter. Der Kopf der Puppe ist geplatzt. Holzsplitter haben den Stoff zerfetzt.

»Das ist nicht so schlimm«, sagt Franz. »Ich hab noch eine Puppe. Ich mach's noch einmal.«

Mit heftigen Bewegungen zerrt er an *dem Kleid*.

Emma stößt einen Schrei aus.

Augenblicklich hält er inne.

Sie geht zu ihm.

Sie weiß kaum, was sie tut, aber sie geht zu ihm.

Er weint wie ein Kind.

»Ich hab's schon einmal geschafft. In Joinville, da hättest du's sehen können …«

Sie legt die Hand auf sein Haar.

Sie sagt: »Beim zweiten Mal ist sie nicht so schnell gefallen.«

*

Emma fand keinen Schlaf. Sie hatte nicht bei Franz bleiben wollen. Zu viel war passiert. Sie würden an einem anderen Tag darüber sprechen. Ihr war kalt.

Franz fand ebenfalls keinen Schlaf. Ein Teil von ihm war in Joinville geblieben. Er verstand es nicht.

*

Am nächsten Tag sprachen sie kaum miteinander. Sie erstickten fast an dem Neuen, bedrohlich Ungesagten, das immer kurz davor war, ausgesprochen zu werden. Selbst Franz spürte, dass sie sich voneinander entfernten. Emmas Augen schienen sich verändert zu haben.

Diese Lüge. Sein Schweigen. Diese Worte, die sie zerbrochen hatten. Gab es denn niemanden, der sich für sie interessierte, nur für sie, Emma, ohne sich ständig zum Himmel hingezogen zu fühlen? Vielleicht hatte sie geträumt. Er würde kommen, um ihr zu sagen, dass nichts von all dem stattgefunden hätte. Sie wartete. Sie klammerte sich an diese Hoffnung.

Franz wiederum fasste neuen Mut. Der Fallschirm war nicht so beschädigt, wie er befürchtet hatte. Er wäre rasch wieder repariert. Jede Stunde, die verging, bestärkte ihn in dem Gedanken, dass er an dem Abend, als Emma dabei war, einfach nur Pech gehabt hatte. Er war aufgeregt gewesen und deshalb ungeschickt. Die Ankleidepuppe war nicht schwer genug, die Haltebänder waren nicht straff genug. Von der Höhe natürlich gar nicht erst zu reden. Was waren schon drei Stockwerke? Ungefähr ein Dutzend Meter vielleicht. Fünf Stockwerke? Nicht viel mehr. Er musste wagemutiger sein.

Er musste noch höher gehen.

*

Vom Boden bis zur Spitze dreihundertzwölf Meter. Am Fundament ein Quadrat von hundertfünfundzwanzig Metern Seitenlänge, begrenzt von vier Pfeilern, deren Verankerungen sieben Meter unter die Erde reichten, wo Betonsockel in einem Kiesbett ruhten. Eintausendsechshundertfünfundsechzig Stufen, siebentausenddreihundert Tonnen Metall, achtzehntausend Eisenteile, Träger, Bögen, Streben, die allesamt von Dutzenden von Ingenieuren in Tausenden von Skizzen und Plänen fein säuberlich erdacht, entworfen und beschrieben worden waren. Es ist das höchste Bauwerk, das jemals von Menschen errichtet wurde. Es ist der Turm. Es ist Babel. Es ist Apollinaires Schäferin, Cocteaus Giraffe, Maupassants Fabrikschornstein und die ebenso nutzlose wie monströse Konstruktion, als die Zola sie angeprangert hat. Sie ist noch immer warm von den Schmelzvorgängen, Hammerschlägen und zärtlichen Berührungen, die all jene ihr angedeihen ließen, die sie über zwei Jahre hinweg, zwölf Stunden täglich im Sommer, neun Stunden im Winter, Niete für Niete, aufgebaut, zusammengefügt und poliert haben und dadurch die gewaltige metallene Eruption, die zum Himmel emporschießt, möglich werden ließen.

Sie ist gelb gestrichen.

Ein ganzes Volk blickt dorthin. Funker, verliebte Paare, Fremde auf der Durchreise, Meteorologen, Restaurantgäste und Theaterbesucher, die sich auf der ersten Plattform tummeln – sie alle finden dort zusammen und geraten in Verzückung darüber, in einer solchen Höhe zu sein, so weit entfernt von der Stadt, auf die der Turm seinen schlicht geformten Schatten wirft.

Manchmal kommt es vor, dass sie in einem Aufzug auf einen alten weißbärtigen Mann treffen, der noch verzückter ist als sie. Sie grüßen ihn mit gesenkter Stimme und entfernen sich wieder, ganz ergriffen davon, dass sie der Geschichte begegnet sind, und dann erzählen sie einander, dass Gustave Eiffel sich in der dritten Etage ein

Büro eingerichtet hat, von dem aus er die Sterne betrachtet.

Und an diesem Abend steht Franz am Fuße des Turms.

Er kommt von der Polizeipräfektur. In seiner Manteltasche spürt er den Briefumschlag, dessen Inhalt über seine Zukunft entscheidet, als leichte Ausbeulung. Sein Antrag wurde bewilligt und ordnungsgemäß abgestempelt. In drei Tagen würde er dort oben stehen, auf der ersten Plattform.

Und dieses Mal würde sich der Fallschirm öffnen.

*

Emma ist übernächtigt. Sie schläft nicht mehr.

Ihr gehen die Eltern durch den Kopf, die ihr flehentliche Briefe schicken. Sie blickt sich um. Das Zimmer ist leer, eisig, klamm. Rose ist bei ihrer Amme.

Die Tür geht auf. Franz tritt ein.

»Auf den Quais ist so ein schönes Licht.«

*

»In drei Tagen ist es so weit. Am Eiffelturm. Ich habe die Genehmigung bekommen. Sie haben sie mir gegeben.«

Er wiederholt die Worte: »Am Eiffelturm.«

Emma antwortet nicht. Zu ihren Füßen liegt die Seine, bedeckt von weißen Lichtreflexen.

»Ich hätte dich gern dabei.«

Emmas Blick wird hart.

»Ich werde nicht kommen.«

Gleich darauf macht sie sich Vorwürfe wegen ihrer direkten Worte. Sie geht ein paar Schritte bis zum Rand des Quais. Franz rührt sich nicht. Er sieht sie von hinten. Sie wirft einen langen schwarzen Schatten auf die Seine. Er versteht nicht. Der Fallschirm ist doch ein Geschenk, ein Geschenk für sie.

Sie kommt wieder an seine Seite. Ihre Augen sind gerötet. Nein, sagt sie ein weiteres Mal.

Es ist für ihn, den anderen, den Toten.

Dann sind sie wieder in Schweigen gehüllt. Sie denken an die gemeinsam verbrachten Nächte, die sich jetzt entfernen, vom Wasser fortgetragen werden.

»Er ist doch für dich … für dich …«, wiederholt er mit brüchiger Stimme.

Und nach und nach, während er den Graben zwischen ihnen durch die Worte seiner Liebe immer tiefer gräbt, spricht er von Zahlen, von Quadratmetern, und verrennt sich in den Berechnungen seiner Erfolgschancen. Seine Erfindung würde Leben retten. Sie sei für sie, entstanden nur durch sie. In drei Tagen, drei Tagen. Er bittet sie nur um diese drei Tage.

Emma schweigt. Sie kennt das alles schon, dieses Leuchten in den Augen, diese Art, sich von einem Traum einfangen zu lassen, in dem sie keinen Platz hat. Franz treibt von ihr weg. Genau wie der andere.

»Ich habe mich geirrt. Es war ein Irrtum. Von Anfang an.«

Sie geht.

Franz bleibt stehen. Er sieht sie in der Ferne verschwinden. Sein grauer Mantel ist von goldenem Staub umgeben. Hunde bellen. Ein Lastkahn passiert den Quai.

Die Schönheit des Flusses ist nicht zu ertragen.

Schritt für Schritt geht er nach Hause, erdrückt von Müdigkeit.

Wir können nichts dafür, wo unsere Liebe hinfällt.

Ich hatte eine Freundin: M.

Wenn sie einen ansah, war es, als existiere niemand sonst auf Erden. Man fühlte sich angenommen und verstanden. Sie hatte ein feines Gesicht und ein großherziges Lächeln; sie war sehr klein und machte sich oft darüber lustig. Sie liebte es, ihre Heimat in der Nähe von Montpellier aufzusuchen; sie sagte, sie könne ohne das Meer nicht leben. Seit einiger Zeit töpferte sie. Nichts mache ihr so viel Spaß, sagte sie, wie einen Gegenstand mit ihren Händen zu gestalten. Sie hatte das gesamte Werk von Stendhal gelesen, auch noch den unbedeutendsten Text, alle Notizhefte, alle Briefe. Sie sprach von ihm wie von einem alten Gefährten.

Sie wohnte im elften Arrondissement, in einer engen Straße in der Nähe der Place de la Bastille. Ein hübsches Studio im obersten Stock des Hauses. Ganze Regale voller Bücher, dazu ein paar Fotos, Farben und ein schöner Ausblick über die Dächer.

Eines Tages, als wir fanden, dass sie müde wirkte, sagte sie, dass es ihr nicht gut gehe. Dies dauerte einige Wochen an. Sie wurde von Tremor befallen und spürte ein Prickeln wie von

Brandwunden. Der Arzt sprach von Erschöpfung und Stress. Das würde vorübergehen.

Wir brachten sie dazu, eine Computertomographie machen zu lassen. Man fand ein Kavernom. Ein schreckliches Wort, und noch schrecklicher war die Sache selbst: ein Bluterguss im Gehirn. Wie elektrische Entladungen, die sich überall im Körper ausbreiten. Die Drohung einer Gehirnblutung in jedem Moment. Die Angst. Belastende Behandlungen. Keine Operation möglich.

Wie sie trotzdem noch lachte ... es ist das erste Bild, das mir in den Sinn kommt: ihre schelmischen Augen, ihre Wangenknochen ein wenig gerötet, ihr offenherziges Lachen. Sie weigerte sich, wie eine Kranke behandelt zu werden. Mitgefühl irritierte sie. Über das Kavernom sprach sie nur im engsten Kreis. Sie wollte deshalb niemals eine Gefälligkeit, eine Vergünstigung in Anspruch nehmen; es kümmerte sie wenig, dass sie eine bequemere Stelle hätte bekommen können, ganz in ihrer Nähe. Sie hätte niemals etwas gefordert. Sie wollte, dass man sie ohne Abhängigkeiten leben ließ. Ihre Schüler, ihre Freunde, ihre Familie und ihr Lebensgefährte waren ihr alles, die Sache musste einfach nur vergessen werden. Und es gab noch Stendhal, dessen gesammelte Werke sich an den Wänden ihres Studios aufreihten, gleich am Fenster.

Wenn man sie fragte, ob man ihr auf die ein oder andere Weise helfen könne, nahm sie einen mit einer anmutigen, flinken Bewegung bei der Hand. Sie antwortete nicht. Es gab nichts zu antworten.

26. November 1910. Die drei Tage sind vorüber. Aller Blicke ruhen auf Franz. Fotografen drängen sich um ihn.

In ihm erklingen die Worte, die Emma ausgesprochen hat. Es war ein Irrtum. Von Anfang an.

Ein Irrtum.

Vor ihm ragt der Eiffelturm auf, schwungvoll und furchterregend. Franz hat die ganze Nacht nicht geschlafen. Er hätte am liebsten alles abgeblasen: Emma würde nicht kommen. Der Prix Lalance, die Öffentlichkeit und die Polizeipräfektur kümmern ihn wenig. Aber er sagt sich, dass Emma es sich vielleicht noch überlegt. Er hofft noch immer.

Er zieht seinen Anzug aus. Er hat ihn nur für die Fotografen angelegt. Ein Polizist hilft ihm, ihn der Puppe anzuziehen und sie zu tragen.

Der Aufstieg ist lang und beschwerlich. Franz glaubt nicht mehr daran.

Ein Irrtum, von Anfang an.

Jetzt ist er auf der Plattform, auf der ersten Etage des Eiffelturms. Er beugt sich hinunter.

Er sieht sich ein letztes Mal nach ihr um.

Siebenundfünfzig Meter. Von hier oben kann man nichts erkennnen.

Unten sind zwei Polizisten, Journalisten und ein paar Neugierige. Auch Hervieu ist da, der Ingenieur. Einen Finger hat er auf seine Uhr gelegt.

Franz wirft die Puppe. Ohne ihr nachzublicken, geht er zur Treppe und steigt wieder hinunter.

Als er ankommt, schüttelt Hervieu den Kopf. Weniger als vier Sekunden. Die Puppe und der Fallschirm sind in weniger als vier Sekunden zu Boden gefallen, mit der normalen Geschwindigkeit eines Gewichts, das aus dieser Höhe fällt, ohne auf einen Widerstand zu treffen.

Franz schließt die Augen.

Zu seinen Füßen knattert der Stoff im Wind. Von fern hört er eine Straßenbahn bimmeln. Vögel fliegen unter dem Bogen des Eiffelturms hinweg.

*

Die letzten Herbsttage kamen, dann der Winter.

Franz verbrachte ganze Stunden am Square Louvois und saß teilnahmslos unter den Bäumen. Katarina holte ihn manchmal von dort nach Hause, brachte seine Haare in Ordnung und zwang ihn, sich an den Arbeitstisch zu setzen. Man müsse sich eben damit abfinden, nach vorne blicken, ein wenig realistischer sein! Wie man sich nur dermaßen gehen lassen könne! Während sie so auf ihn einredete, schüttelte sie Tischdecken aus, öffnete Schränke und stolperte zu ihrer Verzweiflung fortwährend über Metallröhren, Kolben und rollenweise gummibeschichtete Leinwand.

Franz reagierte nicht. Er betrachtete *das Kleid*. Er legte sich Sätze zurecht. Er fügte Worte aneinander, langsam, verknotete sie, nähte sie zusammen und überzog sie mit feinen Nadelstichen, um ihnen eine Bedeutung zu geben. In den Schubladen seines Arbeitszimmers bewahrte er Dutzende von Kladden auf, gefüllt mit Streichungen, Liebesworten und Gebeten.

Er versuchte zu verstehen. Er flehte. Er wünschte ihr, glücklich zu sein. Sie musste sich verraten gefühlt haben. Ja, er begann zu verstehen. Er verstand, dass er sie verloren hatte.

Er hatte keinen dieser Briefe je beendet. Er wusste nicht einmal, wohin er sie hätte schicken sollen. Nach Nizza? Er war in die Rue Richepanse gegangen, er hatte die Nachbarn angefleht, er war die Bahnhöfe abgelaufen, er hatte geschrien, doch niemand hatte ihm sagen können, wohin sie verschwunden war. Sie war gegangen, und fertig. Eines Abends hatte er geglaubt, sie an der Place de l'Opéra zu sehen, in einem hellen Mantel, einem blassblauen Kostüm und mit einem dazu passenden Hut. Die Silhouette, die wirren Strähnen in der Stirn, die dunklen Augenringe, das war sie, da war er sich sofort ganz sicher. Aber kaum hatte er ein paar Schritte in ihre Richtung getan, war sie auch schon in der Menge verschwunden.

Es hatte keine vier Sekunden gedauert. Die normale Geschwindigkeit eines fallenden Gewichts.

Er hätte sie einholen können, wenn er gerannt wäre, Passanten beiseitegestoßen hätte. Eine höhere Macht hatte ihn abgehalten. Er hatte sie für immer enttäuscht. Sie empfand nur noch Abscheu vor ihm. Er fühlte sich beschämt.

Er schämte sich auch für seine Worte, unfähig, wie er war, sie in gutem Französisch zu schreiben, ohne grobe Fehler, ohne Missverständlichkeiten, ohne die Empfindungen zu beleidigen, die er ausdrücken wollte. Manchmal schlug er seinen alten Gedichtband auf und schrieb ein paar Verse ab. Das beruhigte ihn ein wenig.

Louise hatte ihn eines Abends zu sich in die Rue Molière eingeladen, ein paar Tage vor Weihnachten. Ihre Wohnung war winzig, er müsse entschuldigen, mit einem Zimmer für sie und einem für Alice, und außerdem schickte es sich eigentlich nicht, den Chef zu sich nach Hause einzuladen, aber sie sah ihm an, dass er jemanden brauchte, mit dem er reden konnte. Franz suchte sie von da an immer wieder einmal auf.

Auch das beruhigte ihn ein wenig.

*

Es war nicht wirklich Schnee, sondern eher ein weißer Staub, der durch die Abendluft schwebte, viel leichter und langsamer als Regen. Franz stand auf seinem Balkon, ans Geländer gelehnt. Allmählich wurde ihm kalt. Doch eine Minute wollte er noch bleiben, ehe er hineinging. Der eisige Dunst verdickte sich nach und nach, und schließlich geschah das Wunder: Flocken lösten sich aus dem Nebel, winzig klein und zaghaft zunächst, dann mit einem Mal immer aufdringlicher. Sie tanzten um ihn herum, legten sich auf seine Haut und verschwanden, um sogleich von Dutzenden, Tausenden neuer Flocken ersetzt zu werden, die nach kurzem Taumeln zu Boden sanken, um zu sterben.

Franz rührte sich nicht. Er verlor sich in Erinnerungen, von denen er sich gar nicht mehr sicher war, ob sie wirklich ihm gehörten. Ein ausgestreckter, unbekleideter Frauenkörper, in Licht getaucht – und plötzlich beerdigt. Schreie, die vom rauschenden Fluss übertönt wurden. Worte, die ihn einmal in der Kirche so sehr getroffen hatten: *Gott hat deinen Namen in seine Handflächen eingraviert.*

Er erschauerte und ging nach innen.

Seine Schritte hallten durch die Wohnung. Auf dem Tisch Rechnungen, Quittungen und zwei Reklamationen. Seine Kunden warfen ihm vor, dass er sie vergäße. Sein Geschäft, das er schon seit Wochen vernachlässigte, ging schlecht.

Seine diversen Fallschirmmodelle waren, zu Kugeln zusammengerollt, lange Zeit neben dem Bett in seinem

Zimmer liegen geblieben. Louise hatte sie eines Tages alle in einen Schrank geräumt. Seither war von ihnen nicht mehr die Rede.

Das Foto von Antonio lag noch immer in der Schublade. Er wagte nicht, es anzusehen. Von Emma nicht das mindeste Lebenszeichen. Drei Monate waren vergangen. Manche Leute sagten, sie hätten sie in Paris gesehen, in der Nähe des Quartier Latin; sie gebe dort Klavierstunden und mache einen glücklichen Eindruck. Andere wieder hatten ihren Namen in einer Zeitung gelesen, in Nizza, möglicherweise eine Heiratsanzeige, Näheres wussten sie nicht. Auch von einer langen Reise wurde gesprochen, von einem Passagierschiff und weit ausgedehnten Reisfeldern.

Franz hatte Abstand genommen, von Emma ebenso wie von seinem Fallschirm. Er überließ anderen seinen Traum. Im Grunde wäre er kaum einsamer als zuvor. Er würde weiterhin jeden Morgen aufstehen, sich in seinem Atelier einschließen und den Stunden beim Vergehen zusehen, bis zu dem Tag, an dem sein klitzekleines Leben von selbst verlöschen würde, lächerlich und in heiterer Gelassenheit. Bald würden sich sein Gesicht, seine Stimme, selbst sein Name verflüchtigen, und von seinem Fehlschlag würde ebenso wenig bleiben wie von denjenigen, die er liebte.

Er presste seine Stirn gegen die kalte Fensterscheibe.

Eines Tages würde er nach Hause zurückkehren. Diese Welt, in der einem die Dächer und Häuserfassaden den Blick auf den Himmel raubten, war nicht die seine. Eines

Herbstabends würde er das Tor durchschreiten, würde alles überschreiten, was zu überschreiten wäre, würde an Flüssen entlangwandern und schließlich zu seinem Dorf gelangen, würde sich den Staub von den Füßen schütteln und sich verwundbar und frohlockend den Blicken derer aussetzen, die er verlassen hatte.

Und es käme der Zeitpunkt, da es ein Grab mit seinem Namen auf dem Wegstädtler Friedhof gäbe. Mit einem einfachen weißen Grabstein. Die Wintersonne würde ihn streicheln wie eine sanfte Hand. Ein bläulicher Schimmer. Ein Zierstrauch. Eines Tages würde nichts mehr schlimme Folgen haben. Er würde nur noch verstummen müssen und alles hinnehmen.

*

Zur selben Zeit stand Alice in ihrem kleinen Zimmer auf und lief ans Fenster. Mit ihren Fingern folgte sie den Schneeflocken, die sich an die Fensterscheibe hefteten. Der Lichtschimmer einer Straßenlaterne gab ihnen einen goldenen Widerschein.

Louise kam ins Zimmer. Das kleine Mädchen schlüpfte eilends wieder unter die Bettdecke, aus Angst, ausgeschimpft zu werden. »Bleib doch ein bisschen bei mir«, murmelte sie.

Dann spuckte sie Blut.

Zwei Stunden später kam Franz angerannt.

Sie lag da, den Kopf nach hinten gebeugt, die Augen weit offen, mit entsetzlich geschwollenem Hals. Ihre Hände waren ganz heiß. Sie rang nach Luft.

Der Arzt bedeutete Franz, dass er ihn sprechen wolle. Eine schlimme Diphtherie, ohne Zweifel. Die Chancen stünden schlecht.

Franz ging wieder ans Bett.

Alice versuchte etwas zu sagen, aber sie schaffte es nicht. Mit verkrampftem Gesicht hob sie einen Arm. Es kostete sie ungeheure Mühe.

Louise beugte sich über sie und sagte unablässig: »Streng dich nicht an. Alles wird wieder gut. Hab keine Angst.«

Dann gingen ihre Worte in Schluchzen unter.

Alice deutete lange mit dem Finger auf die Kommode. Dann schloss sie die Augen.

»Sie schläft«, sagte schließlich der Arzt. »Es ist gerade das Beste, was sie tun kann.«

*

Am nächsten Tag hatte sich Alices Zustand nicht gebessert. Franz pendelte zwischen der Rue Gaillon und Louises Wohnung hin und her.

Am Abend hatte er das Bedürfnis nach einem Spaziergang. Er ging zum Quai d'Orsay hinüber. Schmutzige Schneeschichten schmolzen auf der Chaussee. Ohne es sich eingestehen zu wollen, wusste er nur allzu gut, was seine Schritte lenkte. Es war stärker als er. Der Turm zog ihn an. Er zog ihn vielleicht ebenso zu sich wie das Verlangen, seine Niederlage wieder aufleben zu lassen, seine Vernichtung, und Emmas Abwesenheit.

Während er immer schneller ausschritt, betrachtete er die Seine und dachte daran, welch süßer Kuss es wäre, wenn er sich mit geschlossenen Augen und offenem Mund hineinfallen ließe und das kalte Wasser bis in die Lungen einsaugen würde.

*

Alice starb am folgenden Sonntag, ohne noch einmal aufgewacht zu sein.

Ich weiß nicht, um welche Uhrzeit es war in jener Mai-Nacht des Jahres 2016, als M. das Fenster öffnete und sprang. Passanten entdeckten sie. Sie war dreiunddreißig Jahre alt.

So ausgestreckt, wie sie daliegt, sieht Alice ein wenig größer aus. Ihre Füße sind zwei Spitzen unter dem weißen Laken. Sie ist von Blumen umgeben. Auch die Blumen sind weiß.

Ihre Mutter sitzt neben dem Bett, die Hände übereinandergelegt, den Kopf leicht gebeugt. Sie hört nichts, weder das Ticken der Wanduhr noch das Rauschen der Stadt. Sie hat resigniert, wie stets, wenn sich in ihrem schiffbrüchigen Leben ein Unglück abzeichnet. Nichts kann sie mehr treffen.

Franz geht einen Schritt auf sie zu.

Er sieht, dass Louise ein Taschentuch in der Hand hält. Ein Taschentuch mit vier Löchern, einem Faden und, am Ende des Fadens, einem Champagnerkorken, der sich um sich selbst dreht. Louise sagt mit schwacher Stimme, ohne den Kopf zu bewegen:

»Das war es, was sie uns zeigen wollte. Es war in der Kommodenschublade.«

Nach langem Schweigen sagt sie:

»Das war es, was sie haben wollte. Ich hab es erst danach verstanden.«

IV

Elf Monate sind vergangen.

Elf Monate seit dem Tag, an dem er zu verstehen glaubte, dass Louise ihn darum bat, nicht aufzugeben, während sie auf ihrem Stuhl saß und den kleinen Körper bewachte.

Der Traum hat wieder ganz von ihm Besitz ergriffen. Für Alice.

Seine Augen haben sich tief in die Höhlen eingegraben, seine Schultern sind gekrümmt. Es ist wie ein Hunger, wie ein Durst. Ein Erfinder, ich bin ein Erfinder – stumm wiederholt er die Worte in seinem Inneren, auf der Straße, vor den Kunden. Er bewegt die Arme hin und her und spricht dabei von Fledermäusen. Die Gendarmen verdächtigen ihn der Trunksucht, die Kinder kichern, wenn er vorübergeht.

Er tut so, als bemerke er es nicht. Er weiß es. Er weiß genau, dass es ihm gelingen wird. Das Gelächter, die mitleidigen Blicke und die Beleidigungen sind ein Nichts.

Seine Geschäftsbücher quellen über von absurden Bestellungen, Importstoffen aus Amerika, angeblich reißfesten Schnüren, seltenen Metallen, Spiralfedern, Kautschuk.

Wenn doch noch eine Kundin den Laden betritt, um sich ein Kleid machen zu lassen, hat er das nötige Material nicht da, und stattdessen erklärt er ihr wie auch allen anderen mit seiner sehr leisen Stimme die Vorzüge seines Fallschirms. Wenn jemand versucht, ihn zu warnen, so glaubt er, ihn dadurch zum Schweigen bringen zu können, dass er entgegnet: zehntausend.

So hoch ist das Preisgeld des Prix Lalance, das soeben verdoppelt wurde. Eine magische Zahl. Wenn er sie ausspricht, bekommt man den Eindruck, er liebkose sie. Wenn er diese zehntausend Francs besäße, oder auch nur fünftausend, oder tausend, dann würde alles anders, dann könnte er seinem Werk den letzten Schliff geben, könnte es vervollkommnen.

Danach dann, nach der Preisverleihung, kämen die Bestellungen, der Erfolg, der Ruhm, und mit all dem das Leben, das Leben Tausender Luftfahrer, die dank ihm dem unseligen Schicksal entrinnen würden, das ihnen die Flugmaschinen bereiteten.

Es ist ein langsamer, geduldeter, beflügelter Fall. Franz wird von Stimmen gerufen, die nur er hören kann. Er trägt seinen Traum wie eine Wunde an der Flanke. Er ist betrunken.

Er ist glücklich.

*

Louise ist noch immer da. Ihr Chef hat nur noch wenig Arbeit für sie, doch sie verbringt ihre Tage im Atelier. Um nicht allein zu sein. Um ihm zuzusehen. Und während er dieselben alten Berechnungen wieder aufnimmt oder dieselben Bänder festzieht oder ihr von Neuem seine Zukunftsprojekte erklärt, lächelnd, ekstatisch, dabei immer magerer, mit geweiteten Pupillen, lässt sie sich mitreißen von seinem Traum, stimmt seinem Wahnsinn zu, seinem Fallschirm, an den sie sich klammert wie an die einzige Sache, die im aufgetrennten Stoff ihrer beider Leben noch Sinn hat.

Wenn er Emmas Namen murmelt, wiederholt Louise ihn ihrerseits. Seit Alice ihr genommen wurde, existiert sie nicht mehr eigenständig. Ihr Leben vermischt sich mit dem von Franz. Sie hat seine Wünsche und seine Verrücktheit geheiratet. Sie hat teil an seiner sterbenden Liebe für eine andere.

Sie isst fast nichts mehr. Noch der kleinste Bissen liegt ihr schwer im Magen. Manchmal ist sie so schwach, dass sie sich hinlegen muss. An solchen Tagen lässt Franz alles liegen und hastet in die Rue Molière, an ihr Bett. Er legt ihr ein nasses Tuch auf die Stirn, bringt ihr Tee, hält ihr die Hand. Und während er ihr seine Aufmerksamkeit zuwendet, nimmt er wieder die große Erzählung von den Fortschritten auf, die er gemacht hat. Das Geld wird kommen, sie wird behandelt werden können, alles wird sich ändern.

Wenn Zweifel sie befallen, wenn der Himmel schwarz ist, wenn Katarina ihre Wut auf Franz herausschreit, wenn jemand ihn wieder einmal bekniet, er möge die Sache sein lassen, dann wiederholen sie beide diese Worte: Alice hätte es gewollt. Ihr Name umfasst alles, rechtfertigt alle Entbehrungen, erhellt alle Hoffnungen und macht alle Fehler wieder gut.

Von Alice selbst sprechen sie nie. Sie haben kein Bedürfnis danach. Sie ist überall. Der Fallschirm ist Alice. Der Square Louvois, die Rue Gaillon, *das Kleid,* die Sonne, der Regen sind Alice. Sie leben ganz in ihrer offenkundigen Anwesenheit.

Ich denke oft an die zwei Männer auf der Plattform. Daran, was sie empfunden haben müssen, als ihre Fassungslosigkeit vorüber war. Das Feuer, das in den Wangen brennt, das Herz, das zerbirst, die Beine, mit einem Mal so schwer: die Scham. Sie waren da und haben dich nicht zurückgehalten.

Ich hatte M. seit einigen Wochen nicht angerufen. Ich ignorierte, was ich hätte wissen müssen: dass ihr Zustand sich verschlechtert hatte, dass sie nun allein lebte und dass sie längere Zeit im Krankenhaus verbracht hatte. Sie war eben erst entlassen worden. Tags darauf sollte sie in eine Wohngemeinschaft ziehen; man erwartete sie dort. Ihr Studio war leer. Sie wollte darin noch eine letzte Nacht verbringen.

Von all dem hörte ich erst danach.

Es war bereits eine Woche vergangen, als ich von ihrem Tod erfuhr. Eine gemeinsame Freundin rief mich an. Es hatte eine polizeiliche Befragung gegeben, einen riesigen Aufruhr, es war ein Schock für alle, und bislang war noch kein Beisetzungstermin festgelegt. Ich verstand nichts, sie musste wiederholen, ich stotterte, das Kavernom, das war es doch, oder nicht, dieses Ding im Gehirn, hat das sie umgebracht? Nein, das Fenster, die Nacht, es war fürchterlich, fürchterlich. »Sie hat ihren Tagen ein Ende gesetzt« – ich höre noch die Stimme, den genauen Wortlaut. Nicht »sie ist tot«, »sie hat sich umgebracht«, sondern »sie hat ihren Tagen ein Ende gesetzt«, mit dieser Metapher von den Tagen, dieser etwas veralteten, feierlichen Ausdrucksweise, wie um die Nachricht auf Distanz zu halten oder sie vielmehr in das Joch der Worte einzuspannen; das Fenster, das Geländer zu vergessen, nichts mehr von der Leiche zu sagen, von der Leichenhalle, von all dem, was diese Frühlingsnacht mit sich gebracht hatte.

Ein wenig später kamen der Sarg aus hellem Holz, das große gerahmte Foto, der widerlich süße Geruch der Lilienbuketts, und dann der Moment, da irgendwo Asche ins Mittelmeer gestreut wurde.

Ich habe den Traum noch einmal erlebt. Das nachgebende Geländer, die Erde, die sich öffnet, die Risse und den Sturz.

Der Fallschirm, khakifarben, besteht nun aus zwei Teilen: einem Anzug mit einer Art Kiepe auf Rücken und Schultern, an der zwei Röhren befestigt sind, sowie einem großen Stück Seidenstoff, das sich gefaltet in der Kiepe befindet. Am vorderen Teil des Anzugs sind auf einem Brustharnisch Bedienungsknöpfe angebracht, die es mittels eines Systems aus Federn, Führungsschienen und Riemen erlauben sollen, zwei Stangen in Bewegung zu setzen, die in den Röhren gleiten. Beim Sprung geben die Stangen ein Stück Stoff frei, das fest mit dem Fallschirm vernäht ist und aufgrund des Luftwiderstands im Prinzip das gesamte Tuch mit sich reißt.

So erklärt es Franz in den Erläuterungen zu seinem Patent.

In der Realität macht das Ganze beim Gehen einen furchtbaren Lärm. Die Röhren verdrehen sich. Alles scheint im Begriff, auseinanderzubrechen. Das Tuch ist mit zweiunddreißig Quadratmetern noch immer nur halb so groß, wie es sein sollte.

Nur Franz will es entweder nicht bemerken oder nicht

zugeben. In den ersten Tagen des Jahres 1911 sucht er erneut Hervieu auf.

Keine Chance, sagt Hervieu mit harschem Ton. Die Puppe wird es in kleine Stücke zerlegen.

Franz unterdrückt ein Lächeln.

Er hat den Einwand erwartet. Er macht sich nichts daraus. Er hat nicht mehr die Absicht, eine Puppe zu werfen.

*

Die Idee, welchen Ursprungs auch immer, ist in ihm gewachsen wie ein wildes Kraut.

Wenn er vor Emma gescheitert ist, im Hinterhof des Mietshauses, wenn er an jenem Novembermorgen am Fuß des Eiffelturms gescheitert ist, dann lag es an der Puppe.

Eine Puppe kann ihre Bewegungen nicht anpassen, kann sich nicht aufbäumen, nicht fester an einer Schnur ziehen und sich auch nicht dem Wind anschmiegen. Und vor allem nimmt man eine Puppe nur dann, wenn man zweifelt.

Er weiß, dass er selbst springen muss.

Hättet ihr Glauben wie ein Senfkorn, so könntet ihr zu diesem Maulbeerfeigenbaum sagen: entwurzle dich und verpflanze dich ins Meer.

*

Am 3. Februar 1912 herrscht Vollmond. Bedeckter Himmel, Minusgrade. Am frühen Morgen begibt sich Franz in die Redaktionsstuben mehrerer Pariser Zeitungen. Mit sanfter Stimme, den Hut in der Hand, legt er dar, dass er bei der Präfektur um die Genehmigung ersucht hat, neue Versuche auf dem Eiffelturm zu unternehmen, und dass er seine Erfindung am folgenden Tag, dem 4. Februar, um sieben Uhr dreißig vorführen werde.

Sein Blick ist so klar wie nie. Seine Gestalt ist von unnahbarer, stolzer Schönheit. Er macht großen Eindruck.

Er steht in den Abendausgaben: »*Am kommenden Sonntagmorgen wird Monsieur Reichelt, Erfinder, von der Höhe der ersten Plattform des Eiffelturms Versuche mit einem neuen Fallschirm-Bekleidungsstück für Luftfahrer durchführen, mit dem er sich um den Prix Lalance bewerben will. In den Experimenten am Sonntag wird die bislang üblicherweise verwendete Puppe durch den Erfinder ersetzt, der sich selbst entschlossen in die Tiefe werfen wird, so sehr ist er von seinem Gelingen überzeugt.*« (*L'Auto*, 3. Februar 1912)

*

Nach seinem Rundgang durch die Redaktionen nimmt Franz die Rue Saint-Augustin, dann die Rue de Richelieu und erreicht den Square Louvois. Dort umrundet er den Springbrunnen und hält einen Augenblick inne. Seit Alices Tod ist er nicht mehr hier gewesen.

Die Bänke sind in einer grellen Farbe neu gestrichen worden; zwei von ihnen wurden an einen anderen Platz versetzt, einige Bäume beschnitten.

Schließlich geht er nach Hause und stapft durch den Schnee, der allein unverändert geblieben ist.

Vor einigen Jahren hat M. mir per E-Mail ein Foto geschickt. Es ist das einzige, das ich von ihr habe. Es wurde mit einem Mobiltelefon aufgenommen. Es wird unscharf, wenn ich versuche, es zu vergrößern. M. wollte mir ihren »persönlichen Glücksbringer« zeigen. Sie ist im Schneidersitz. Dicht an sie gekuschelt ein kleines Mädchen, ihre Nichte, der sie ein Bilderbuch zeigt.

Ich könnte nun die Farbe ihrer Kleidung beschreiben, immerfort den Schwung ihres zur Seite gebeugten Körpers beschreiben, den Heizkörper im Hintergrund, den Mantel, über einen Sessel geworfen, die Ecke des Fensters. Aber diese Worte hier werden genügen, weil kein einziges genügen kann: Sie ist da. Sie ist es.

Ich habe nichts hinzuzufügen. Alles ist gesagt: Ich sehe sie wieder vor mir.

Sie wirkt glücklich.

Ich weiß nicht, ob sie zum Zeitpunkt der Fotografie wusste, dass sie krank ist.

Ich glaube schon.

Auch dieses Foto habe ich ausgedruckt, ein paar Tage nach ihrem Tod. Ich habe es zu den anderen Fotos ins große graue Heft geklebt.

Es fügt Farbe hinzu.
Es fügt Schmerz hinzu.

Es ist vielleicht noch nicht zu spät. Das sagt sie sich fortwährend vor, während sie mit zitternden Händen die
Treppe hinaufeilt und dabei immer zwei Stufen auf einmal nimmt, ihr Gesicht noch gerötet vom Koffertragen.
Nicht zu spät wofür? Sie weiß es nicht. Zurückzukommen.
Alles wiedergutzumachen. Ihn um Verzeihung zu bitten.
Ihm zu verzeihen. Ihm zu sagen, dass sie beide Dumm-
köpfe gewesen sind. Dass sie beide das Glück knapp ver-
fehlt haben.

Abrupt bleibt sie stehen. Dritte Etage, die große Tür aus
hellem Holz. Sie ist angekommen.

Sie klopft an.

Hier bin ich richtig, sagt sie laut, als wolle sie ihre Angst
überlisten.

Sie klopft abermals.

Er wird aufmachen. Er muss aufmachen.

Eine Minute vergeht. Schwindel ergreift sie. Er ist aus
dem Haus gegangen, das ist ganz normal, eine Lieferung,
ein Auftrag, ein Spaziergang, egal was, er wird bald zurück-
kommen. Eine Botschaft, ja, sie wird ihm eine Botschaft

hinterlassen, mehr kann sie nicht tun, er ist außer Haus, er wird wiederkommen.

Sie durchwühlt ihre Taschen und findet ein altes Heft – genau dasselbe, wie ihr schlagartig auffällt, in das sie, Monate ist es her, den Namen Franz zum ersten Mal hineingeschrieben hat. Sie reißt eine Seite heraus, kritzelt die Adresse eines Hotels darauf und faltet das Papier zusammen, ohne ihren Namen darunterzusetzen. Sie will es schon unter der Tür hindurchschieben, da öffnet sie es wieder, liest noch einmal und fügt nach kurzem Zögern zwei Worte hinzu: Für Franz.

Monate der Erschöpfung brechen über sie herein.

Mit langsamen Schritten geht sie treppabwärts.

*

Als sie aus der Tür tritt, stößt sie direkt vor dem Haus auf eine Frau, die sie zu kennen glaubt. Sie tauschen einen langen Blick miteinander.

»Sie sind Madame Fernandez«, sagt die andere Frau schließlich.

»Und Sie sind Franz' Schwester. Sie sehen ihm ähnlich.«

»Er ist nicht da.«

Emma bewegt sacht den Kopf. Sie zwingt sich zu einem Lächeln.

Katarina wiederholt mit zusammengekniffenen Augen:

»Er ist nicht da.«

Und fügt, ehe sie sich wieder auf den Weg macht, hinzu:
»Er lungert jetzt die ganze Zeit bei Louise herum.«

*

Emma geht zum Square Louvois. Sie setzt sich auf die Brunneneinfassung und betrachtet einen Baumstumpf.

Franz. Bei Louise.

So hatte es kommen müssen.

Sie denkt an das kleine Mädchen zurück, das sie oft bei ihm gesehen hat. Und das jetzt wohl einen Vater gefunden hat.

*

Franz bittet Louise, ihn allein zu lassen, und schließt sich im Zimmer ein. Er hat Emmas Botschaft vor Augen. Plötzlich kommt ihm wieder das Bild in den Sinn, ein Traumbild vielleicht, von der in Blau gekleideten Frau, ganz in der Nähe des Eiffelturms.

Er befühlt seine Stirn: Das Fieber steigt. Eine ganze stille Welt durchflutet ihn, voll verlorener Gesichter, Splitter einer vergangenen Zeit.

Emma wiedersehen. Ausgerechnet am Vorabend des Sprungs Emma wiedersehen.

Zum ersten Mal seit Monaten spürt er seine Gewissheiten dahinschwinden.

Das Leben, die Liebe erinnern sich wieder an ihn, letzte Verlockungen auf seinem Weg.

Er denkt an Alice, an ihren kleinen ausgestreckten Arm, der ihm die Richtung wies: der Fallschirm, der Wagemut, der große Sprung. Er betrachtet seine Erfindung, die ausgebreitet auf dem Bett liegt, und wendet sich zum Fenster. Heute ist der Abend. Nur noch ein paar Stunden …

Ein Beben überkommt ihn.

Er reißt eine Seite aus einem Heft heraus und schreibt mit der ihm eigenen Orthographie, dass er all sein Hab und Gut Louise Schillmann vermacht. Er legt Wert darauf, dass seine Schwester Katarina nichts davon bekommt.

Dann fügt er hinzu: »*Verzeit mir von die Schmerzen, die ich euch verschulden können werde. Schickt meine Kleidung zu mein Vater und auch meine Schmücke meine Ring und Uhr. Mit aufrechtigen Umarmen, Reichelt Rue Gaillon 8.*«

Er schließt kurz die Augen, versetzt sich hinein in das, was er morgen auf dem Eiffelturm erleben wird. Er sagt sich, dass die Worte, die er soeben geschrieben hat, an die Worte eines Mannes erinnern, der weiß, dass er sterben wird.

Er verjagt den Gedanken mit einem Lächeln.

＊

Franz steckt das Blatt Papier in einen Umschlag und legt ihn auf seinen Schreibtisch. Er geht wieder zu Louise in den Salon. Er sagt ihr nicht, dass er soeben sein Testament geschrieben hat. Sie fasst ihn bei den Händen.

»Es gibt noch eine Sache, die Sie erledigen müssen.«

»Ja.«

Er folgt ihr. Er weiß, wo sie ihn hinführen wird.

Es ist ein imposantes Gebäude mit einer hohen creme-farbenen Fassade und ausladenden, gerundeten Balkons. In der vierten Etage hebt sich ein erleuchtetes Fenster aus dem winterlichen Nebel hervor, der sich allmählich über die Stadt legt.

Louise schiebt ihren Arm unter seinen und sagt hastig:

»Ich werde Sie jetzt allein lassen.«

Franz sieht zum Fenster hinauf und bewegt sich nicht. Dann macht er einen Schritt zur Toreinfahrt hin, bleibt wieder stehen. Er erblickt eine Bank, ganz nahebei, unter den schwarzen Bäumen. Hart gewordener Schnee lastet auf den Ästen.

Er setzt sich auf die Bank, ganz allein in der vereisten Straße.

Seine Augenlider senken sich. Leichtfüßig steigt er die Stufen hoch, eine nach der anderen. Eine alte Frau, die er von Kindheit an zu kennen scheint, empfängt ihn mit den gemurmelten Worten: Sie erwartet Sie schon seit langer Zeit. Er lässt sich zu einer anderen Frau führen, die an den Fenstern steht. Sie trägt ein schlichtes schwarzes Wollkleid.

Er fährt abrupt hoch, starr von Frost.

Es ist zu früh.

Morgen gehe ich hin, sagt er sich. Wenn ich es geschafft habe. Morgen, gleich nach dem Sprung.

Es war im Jahr 2016, am letzten Novembertag. Der Nachmittag neigte sich seinem Ende zu. Nebel senkte sich auf Paris. Ich war an der Place de la Bastille.

Einige Jahre zuvor hatte sich M. dort mit uns verabredet, auf den Treppenstufen, die zum Opernhaus führten. Wir waren lange dort gesessen und dann noch zu ihr gegangen, zu ihrem Studio voller Bücher. Es war ein Sommerabend. Wir waren immer noch jung.

Sechs Monate waren seit jener Nacht im Mai vergangen.

Ich war allein. Ich hatte viel Zeit. Nicht weit von mir entfernt leierte eine Bettlerin, die ein Kind in den Armen trug, Gebete in einer Sprache herunter, die ich nicht verstand. Vier Soldaten patrouillierten mit strenger und angespannter Miene. Es war kalt, sehr kalt. Die Geräusche, Motoren, Hupen, Geschrei, drangen nur gedämpft heran.

Das Mietshaus, in dem M. gewohnt hatte, war nur zehn Minuten entfernt. Ich wollte den Ort wiedersehen, oder vielmehr, ihn überhaupt sehen – den Ort sehen, an dem sie starb. Ich drängte mich durch einen Boulevard, dann durch den nächsten, um mich schließlich in einem Gewirr von Straßen zu verlieren, deren Namen mir nichts sagten. Ich hatte die Adresse vergessen. Ich blickte flehentlich die Passanten an, die noch immer zu zahlreich, zu hastig unterwegs waren, und nicht einer von ihnen konnte mir den Weg weisen, geschweige denn verstehen, wo ich überhaupt hinwollte.

Auf meinem Irrweg sah ich sie wieder, ein wenig gerötete Wangen und lange klimpernde Ohrringe, und ich hörte die Begeisterung in ihrer Stimme, als sie von ihren Schülern sprach. Ich musste daran denken, wie sie uns immer Bücher schenkte, und an ihre Art, uns zu fragen, was wir in letzter Zeit gelesen hatten, welches Buch uns besonders gefallen hätte; daraus entstanden lange Gespräche, in denen sie stets auf Stendhal und Modiano zurückkam. Ich sah auch das Krematorium wieder, das nach Chlor roch, den langen Weg dorthin im Regen, die gesperrten Ufer der Hochwasser führenden Seine. Ein Sauwetter, grau und schwarz, überschwemmte Bürgersteige, himmelweit entfernt von dem, was sie liebte: das Meer, die Südküste.

Jeder Ort rief etwas in mir wach. Mal war es dieses Haus, mal jenes. Ich verglich die Balkone miteinander, ich zählte die Stockwerke. Es hätte irgendeine Straße, irgendein Fenster sein können.

Mit einem Mal hörte ich auf zu suchen. Der Gedanke, mir nicht sicher zu sein, gefiel mir besser. Die Weggegangenen sind überall.

4. Februar 1912.

Es ist sieben Uhr dreißig.

Er ist zweiunddreißig Jahre alt.

*

Ein Taxi fährt langsam am Vorplatz des Eiffelturms vor. Die Türen schlagen. Franz nähert sich der Menge, gekleidet in seinen Anzug-Fallschirm. Die Sonne dringt nur schwach durch den Nebel. Die Temperatur beträgt, den Zeitungen jenes Tages zufolge, minus sechs Grad.

Rund fünfzehn Polizeibeamte bilden einen Kordon um den Eiffelturm. Reporter stürzen sich auf Franz. Auch zwei Kameraleute mit ihren Handkurbelgeräten sind da.

Franz lässt sich mit sichtlichem Vergnügen filmen. Er dreht sich um sich selbst, lässt seine Kleidung bewundern und zieht dann mit strahlendem Lächeln vor der Kamera seine Mütze.

Die Journalisten werden am nächsten Tag seine gute Laune hervorheben.

Er stolziert umher.

Niemand kann es sehen, doch unter dem Overall trägt er seinen Sonntagsanzug.

Außerdem Lackschuhe.

Und er hat Angst.

*

Er mustert sie einen nach dem anderen, die Polizisten, die Neugierigen, die Journalisten. Arglos, wie er ist, sieht er nicht das Leuchten in ihren Augen, die Schadenfreude, die ihnen ins Gesicht geschrieben steht, die Aufregung dieser Männer, die krumm sind vor Kälte. Alle wissen, dass er sterben wird. Die Polizisten rühren sich nicht, ziehen die Schultern hoch: Sie haben keine Anweisungen bekommen. Die Journalisten rühren sich nicht vom Fleck und können es kaum erwarten, zu sehen, wie weit der Verrückte gehen wird. Diejenigen, die murmeln, dass er am Ende aufgeben wird, sind Lügner, Komplizen. Sie hoffen darauf, ein Sensationsfoto einzufangen, und entwerfen bereits die morgigen Schlagzeilen – *Der Sprung in den Tod, Das verhängnisvolle Experiment, Der Ikarus der modernen Zeit.*

Ein Wort, eine Geste könnten genügen, um Franz Reichelt zu retten.

Aber er ist ein Niemand. Nur ein Ausländer.

Und er bietet ein Schauspiel.

Als einer der Wachleute des Eiffelturms die Genehmigung zu sehen wünscht, die Franz von der Präfektur bekommen hat, halten alle den Atem an. Der Wachmann hält ihm vor, auf dem Papier sei von einer Puppe die Rede, wo ist die Puppe, und was ist das für ein Anzug? Die Menge heult empört auf. Sie will Blut fließen sehen, will hören, wie es klingt, wenn die Knochen brechen. Der rechtschaffene Mann meldet Zweifel an, erbittet sich ein paar Minuten und telefoniert mit der Direktion. Man antwortet ihm, dass der Wirrkopf tun soll, was er will. Sollte es ihm gelingen, wäre das exzellente Reklame. Sollte es ihm misslingen, umso besser.

Dann ist es Hervieu, der einzuschreiten versucht, denn auch er ist jetzt mit ein wenig Verspätung und außer Atem eingetroffen. Er wirft sich auf Franz und erinnert ihn daran, dass seine Versuche, absolut alle seine Versuche gescheitert sind. Er fleht ihn an, die Katastrophe ist gewiss, Franz steht der sichere Tod bevor.

Franz reagiert nicht. Der sichere Tod ist möglicherweise genau das, was er will. Er reicht dem Ingenieur die Hand, als wolle er sagen: Nichts für ungut.

Dann wendet er sich wieder der Menge zu, vergewissert sich, dass er im Mittelpunkt der Blicke steht, und spricht einen Satz, den er sich am Vorabend zurechtgelegt hat:

»Ich hänge am Leben, und ich würde mich auf dieses Abenteuer nicht einlassen, wenn ich den mindesten Zweifel an seinem erfolgreichen Ausgang hätte.«

Hervieu lässt die Arme sinken. Er hat ihn gewarnt. Er bereitet sich, wie die anderen, auf das Spektakel vor.

Im Grunde könnte nur Louise Franz aufhalten. Auch sie ist da und hält sich diskret im Hintergrund. Aber sie, sie glaubt daran. Sie ist die Einzige, die daran glaubt. Sie sieht Franz an wie einen Propheten.

Alice hätte es gewollt.

*

Es ist acht Uhr zehn.

Franz, mit einem Mal schwerer geworden, trägt seinen Fallschirm, wie man ein Kreuz trägt, geht gemessenen Schrittes zur Tür des Westpfeilers und beginnt mit dem Aufstieg, legt Stufe um Stufe zurück und richtet seine Gedanken bereits auf die letzte, die dreihundertvierundsechzigste, diejenige, die ihn zur Plattform führt, auf der er Geschichte schreiben wird. Die Angst entschwindet. Es bleibt nur das Verlangen, der unüberwindliche Sog des Eiffelturms, der ihn schwungvoll mit sich reißt, hinein in seine kolossale, frohgemute Vertikalität, während er, sieh an, emporsteigt und allmählich in Laufschritt verfällt auf der Treppe, die ihm, einem mächtigen Fluss gleich, die magischen Augenblicke seiner Kindheit wiederbringt, den Duft von getrockneten Kräutern und Hopfen, die langen Spaziergänge unter den Bäumen und die Sonne, die sich über das Laubwerk hinwegbewegte, so wie hier die ersten Lichtschimmer des Wintertages zwischen den eisernen Stufen hindurchdringen; hie und da bleibt er einige Augenblicke stehen, wirft einen Blick durch die metallenen Arkaden, betrachtet die Stadt, als entdecke er sie eben erst, und sagt sich, dass er seinen Eltern schreiben wird, sobald er wieder zu Hause ist, ja, noch bevor er Emma einen Besuch abstatten wird, wird er einen Brief schreiben, um ihnen zu sagen, dass sie allen Grund haben, stolz auf ihn zu sein, und dass das Licht über Paris die allerschönste Sache ist, die es gibt auf der Welt. Und als er auf der Etage angekommen ist, als er die Plattform umrundet und einen Freudenschrei ausgestoßen hat, wählt er den Platz, von dem aus er wenige Minuten später springen wird, hier an dieser Stelle wird er sein, jenseits der inneren Brüstung, im Angesicht der Seine, zwischen dem Ostpfeiler und dem Südpfeiler, im Rücken das Champ de Mars und die Militärschule, vor sich das Loch in der Mitte des Turms, die gegenüberliegende Balustrade und der Himmel; schlägt er die Augen nieder, wird er den Fluss sehen und jenseits des Flusses den Springbrunnen und den Palais du Trocadéro, so farbig wie ein Bühnenbild, und ganz unten, winzig klein, die etwa dreißig Polizisten, Journalisten, Schaulustigen, die ihm entgegenblicken und die er, wenn er sich hinunterbeugt, in eine Art Liebestaumel versetzt. Während er immer mehr in Verzückung gerät, schließt sich ihm ein Kameramann an und außerdem ein Gelehrter, den die Ligue Aérienne entsandt hat, damit es Zeugen gibt, dann ein dritter Mann, zu viert werden sie also insgesamt sein, es ist Maurice, sein ehemaliger Lehrling, nunmehr neunzehn Jahre alt, Maurice, der ihn furchtsam fragt, ob er wirklich springen will, woraufhin er mit einem Lächeln und einer liebevollen Geste entgegnet, dass er glücklich sei, ihn an diesem Morgen bei sich zu wissen, und jetzt, in eben dem Augenblick, da ihm, Franz, der sich über die äußere Balustrade beugt und Arme schwenkend ruft: bis bald bis bald, die Brüstung so hoch, allzu hoch erscheint, eilt Maurice herbei, ihm zu helfen, zwei Stühle und einen Tisch heranzuziehen, die sie in einem der Restaurants der Plattform finden, und sie platzieren den einen Stuhl vor, den anderen auf dem Tisch.

Und Franz steigt hinauf.

Die zwei Männer stellen sich hinter ihn, die Kamera beginnt zu filmen, und sieh da, ja, als Franz über den siebenundfünfzig Metern, welche die Spanne zwischen Traum und Realität bemessen, den Fuß auf die Brüstung gesetzt hat, ohne noch länger Augen für seine Begleiter zu haben, beugt er sich nach vorne, hinunter, immer weiter hinunter beugt er sich zum Abgrund, der ihn ruft und ihm zeigt, wonach er seit noch nicht einmal zwei Jahren strebt, doch spürte er seit seinen ersten Lebensjahren, als er sich über den Fluss gebeugt hatte, der an Wegstädtl vorüberzieht, das Verlangen, sich in ihn hineinzustürzen, derweil Hervieu von ganz weit unten ruft, dass es nun schon zu lange währt, dass es albern wird, dass er sich zurückziehen oder springen solle, und mit ihm ruft die Menge, die Menge, die das Spektakel den Tod das Blut nicht mehr erwarten kann, die Menge, in lüsternem Schweiß gebadet, johlt, verlangt, doch Franz lässt sich Zeit, er denkt an die Morgen der Kindheit und an die Dinge, die nicht wiederkehren, und in diesem Tag, der Stück für Stück über Paris aufgeht, fühlt er die verlorenen Körper hört die verstummten Stimmen und befreit sich von der Vergangenheit, fährt für immer dahin von dieser bitteren Welt, geläutert in dem weißen und grauen Himmel, der sich mit einem Mal rot und grün verfärbt zu einer Blendung wird und als er springt erhebt er erhebt er sich entdeckt die Wonne die Glückseligkeit des Hierseins Jetztseins.

Alles ist vollendet.

*

Die Gesichter sind erstarrt, die Eingeweide brennen. Man blickt einander an. Zwei oder drei Männer tauchen ihre Hände in dieses Ding, für das sie keinen Namen haben; sie wühlen, graben, entwirren Schnüre, schieben Stoff beiseite und bringen den leblosen Leib von Franz Reichelt ans Tageslicht.

Ein Rinnsal von Blut, schon fast geronnen, fließt langsam aus Nase und Ohren. Die Augen sind weit geöffnet. Das Gesicht ist grau, der Mund steht offen, als hätte ein Schrei sich aus ihm lösen wollen.

Es ist kalt, so kalt.

Jemand beugt sich über den Brustkorb, um das Herz zu hören. Doch er vernimmt nur das Geräusch von Schritten auf dem gefrorenen Rasen.

*

Louise senkt den Kopf.

Eine Frau nähert sich langsam. Sie trägt ein einfaches schwarzes Wollkleid.

Als ich meinen Irrweg durch Paris wieder aufnahm, seltsam beruhigt, begab ich mich zur Seine. Ich ging lange Zeit am Fluss entlang und fixierte die Spitze des Eiffelturms.

Gaillon, Rue Gaillon.

Dies schien mir mit einem Mal die einzige sinnvolle Sache zu sein, das Einzige, was es wert war, getan zu werden: dorthin zu gehen, wie man zu einem heiligen Ort geht. Ich war noch niemals dort gewesen. Nicht einmal der Gedanke daran war mir gekommen. Ich hatte weder ein Mobiltelefon noch einen Stadtplan bei mir, aber ich wusste, dass – welch merkwürdige Ironie – die Straße im Quartier de l'Opéra Garnier lag. Schon wieder ein Opernhaus. Ich würde bestimmt hinfinden.

Wenn ich mir heute einen Stadtplan ansehe, verstehe ich, wie einfach es im Grunde ist: der Louvre, die Comédie Française und von dort die Avenue de l'Opéra, die mich nach ein paar Hundert Metern zur Rue Gaillon geführt hätte. Ich hätte nach kurzer Zeit dort ankommen können, aber ich kam vom Weg ab. Ich könnte heute nicht mehr sagen, welchen Weg ich genommen habe. Ich erinnere mich nur an Raureif auf den Bänken und Bäumen sowie an die bläulichen Lichter, die allmählich auf den

Windschutzscheiben der Autos erloschen. Die Stadt trieb der Nacht entgegen.

Während ich dahinging, zogen in mir die Bilder vorüber, die ich in mein graues Heft geklebt hatte, du mit geöffneten Händen, mit einem Fuß auf der Brüstung, mit der Sonne in den Augen, einer Stoffhaube über dem Gesicht. Ich wiederholte unablässig die Eingangsworte der Göttlichen Komödie, »Ich fand mich, grad in unseres Lebens Mitte«, und es schien mir, als sei dieser Moment weniger eine Mitte als vielmehr eine Erweckung, ein Riss, dieser Moment, den man in keinem Kalender findet – bis dahin weiß man, dass man sterblich ist; ab da indes beginnt man, sich sterblich zu fühlen. An diesem Mittelpunkt des Lebenswegs war ich nun.

Schließlich stieß ich auf eine Grünanlage – den Square Louvois. In der Mitte ein Springbrunnen. Ich setzte mich auf die Brunneneinfassung. Der Raureif zeichnete Gesichter auf den kalten Stein.

Deine Straße, dein Wohnhaus waren ganz nah.

Nach einigen Augenblicken umrundete ich den Springbrunnen, nahm die Rue de Richelieu und bog dann ab in die Rue Saint-Augustin. An der Place Gaillon blieb ich erneut stehen.

Da war es.

Eine schmale, nicht sehr lange Straße. Zur Linken standen dutzendweise Motorroller aufgereiht. Einige Leute debattierten lautstark vor einem Café. Von ferne hörte ich eine Polizeisirene.

Ich ging langsam weiter und bemerkte ein vornehmes Wohnhaus mit reich verzierter Fassade, sehr Belle Époque. Als ich auf seiner Höhe angekommen war, sah ich, dass es die Hausnummer 12 trug. Danach kam ein riesiges modernes Gebäude; die sehr niedrigen Erdgeschossfenster waren mit Gittern versehen. Davor, in regelmäßigen Abständen, drei Verkehrsschilder: Parken verboten. Es musste die Nummer 10 sein. Es gab nur eine Tür, ohne Sprechanlage, ohne Namen, ohne den mindesten Hinweis darauf, ob sich darin Wohnungen oder Büros befanden. Über der Tür eine Nummer: die 6.

Zuerst glaubte ich, dass die Dunkelheit meinen Augen einen Streich spielte. Aber nein, es war wirklich die Nummer 6, und danach kam die 4. Nochmals ein Stück weiter, links und rechts am Ende der Straße, zwei Banken.

Die 8 gab es nicht mehr. Die Adresse ist nur noch eine Illusion. Eine Chimäre.

Ich blieb noch einen Moment, dann ging ich wieder. Je weiter ich mich von der Rue Gaillon entfernte, umso mehr führten mich meine Gedanken zum grauen Heft zurück, das ich seit einigen Wochen nicht mehr aufgeschlagen hatte.

Aus all den Worten, die darin festzuhalten ich mir erträumt hatte, war nichts entstanden. Die Pläne, Entwürfe, das große Romangemälde, das dein Leben schildern sollte, dein ganzes Leben – nichts davon nahm Gestalt an. Nichts könnte jemals an diese Fotos heranreichen, geschweige denn an den alten Schwarz-Weiß-Film. Mir schien, dass das Buch, sollte es je existieren, nur ein Rauschen sein könnte, durchzogen von Stille. Voller Lücken und Phantome.

Als ich wieder die Seine-Quais erreichte, war es vollständig Nacht geworden. Ein paar Schneeflocken begannen zu fallen. Ein Lichtschein von rechts zog meinen Blick auf sich.

Es war der Eiffelturm. Er funkelte.

Franz Reichelts Leichnam wurde ins Hospital Laennec gebracht, wo die diensthabenden Volontärärzte seinen Tod feststellten. Man transportierte die sterblichen Überreste in die Rue Gaillon. Eine Zeitung brachte die Worte, die von der Concierge des Hauses beim Anblick der Leiche geäußert wurden: *»Ich hab's doch gleich gesagt!«*

Es gab eine feierliche Totenwache, anschließend die Beerdigung auf dem Friedhof von Pantin. Diejenigen, die Franz gekannt hatte, wollten oder konnten lediglich die Mindestgebühr für eine Ruhefrist von sechs Jahren aufbringen. Die Grabstätte existiert nicht mehr.

Im Dezember 1912 wurde der Prix Lalance einem gewissen Frédéric Bonnet zuerkannt. Er war weder Ingenieur noch Gelehrter: Er war Feldkoch beim 23. Gebirgsjägerbataillon.

Ein letztes Mal rufe ich das Video auf. Da stehst du uns gegen-
über, reglos.

Du löst deine Arme aus ihrer Verschränkung, und die Ze-
remonie beginnt von Neuem, so langsam und still wie der na-
hende Tod: Ich begegne deinen Gesten wieder, den Bewegungen
deiner Füße, deinem Körper, der sich um die eigene Achse dreht,
deinem Lächeln, als du die Hand zur Mütze führst. Von nun
an ist jede Sekunde gezählt. Schon stehst du auf dem Stuhl, mit
einem Fuß auf der Brüstung.

Die beiden anderen Männer haben den Schauplatz verlas-
sen. Du bist allein. Allein mit der Leere. Das Menschenopfer
macht sich bereit; du bist Priester und Opfer in einer Person.

Dein Tod steht dir bevor. Man spricht im Futur von ihm.
Du bist tot, doch du wirst noch einmal sterben.

Du lehnst dich vor, weichst zurück, beugst dich nach vorne,
weichst abermals zurück. Diese leichte Stofffalte in deinem Rü-
cken sagt: Der Moment ist da.

Hier halte ich den Film an. Ich will nicht mehr sehen, was da-
nach kommt – den Bogen des Eiffelturms, den weißen Himmel,

den fallenden schwarzen Punkt. Ich würde dich lieber dort oben lassen. In dem Moment, da noch nichts festgeschrieben ist. Der Fallschirm könnte sich entfalten. Du würdest unversehrt landen. Du bekämst Beifall. Am nächsten Tag würden die Zeitungen von dir als einem Helden berichten. Das Wunder könnte sich ereignen.

Wieder und wieder betrachte ich das eingefrorene Bild. Es ist die neunundsiebzigste Sekunde: Du bist bereits gesprungen, man sieht die Brüstung, die von nichts mehr überdeckt wird, doch der Sturz hat noch nicht begonnen, oder nur ein kleines Stück weit, höchstens ein paar Zentimeter. Du schwebst gleich einem Gott oder Heiligen, dessen Ruhm ein Maler feiern wollte.

Wie in Joinville entgeht uns dein Gesicht: Eine große Stoffblase entreißt dich unseren Blicken. Du könntest irgendjemand sein, ein Mysterium, ein unbeschriebenes Blatt.

Du bist all diejenigen, die gefallen sind. Du bist all diejenigen, die verloren gingen.

Du bist das Offenbare, das allein mir den Tag ein wenig schöner und den Abend ein wenig trister macht, das Offenbare, das meine Worte nur bestätigen können, das Offenbare, von dem jedes der Bilder spricht, in denen etwas von ihrer aller Anwesenheit bleibt und wo man ihren vertrauten, geliebten, entflogenen Gesichtern begegnet: Sie sind gewesen.

Danksagungen

Ich möchte festhalten, wie wertvoll folgende Werke und Hilfsmittel für meine Arbeit waren: die Webseite gallica. bnf.fr, die Zugang zu zahlreichen Zeitungsartikeln gewährt, die Franz Reichelts Tod im Jahr 1912 ausgelöst hat; die Arbeiten von Gérard Hartmann über die Große Woche der Luftfahrt in der Champagne; und insbesondere das schöne Buch von David Darriulat über Reichelt (*Un tailleur pour dames au temps des aéroplanes*, Édilivre, 2011). Sehr viel verdanke ich auch der Essaysammlung *Das Rauschen der Sprache* sowie dem Essay *Die helle Kammer* von Roland Barthes.

Ferner möchte ich mich wärmstens bei Christophe Aimé, Sophie Berlin, Marianne Bétinas, Cécile Delmas und Philippe Manevy dafür bedanken, dass sie meinen Text gelesen und mir hilfreiche Anregungen gegeben haben; weiter möchte ich sowohl meiner Lektorin Charlotte von Essen für ihr Vertrauen und ihre stete Aufmerksamkeit meine große Dankbarkeit aussprechen als auch Anne, meiner ersten Leserin, der diese Seiten, die ihr alles verdanken, gewidmet sind.

Franz Reichelt